小文艺·口袋文库
小说

成为你的美好时光

小文艺·口袋文库

小说

伪证制造者

徐则臣

上海文艺出版社

目录

伪证制造者

1

我姑夫是个办假证的，三年前被警察抓了个正着，一堆假证件都揣在口袋里，就进去了。几天前监狱方面通知我，到日子了，让我把他领出来。我到监狱的时候，姑夫已经抱着一个大旅行包坐在大厅里等我了。

“你怎么不到门外等我？”出了监狱的大门，我问他。

“怕你找不着我。”

我知道他害怕，三年没出过这个门，跨过铁门门槛时他差点被绊倒了。外面是平旷的沙子路，昨夜的雨水还积在地上。这地方是城外的野地，行人和车辆很少。我姑夫站在监狱的大门前，遮着眼睛看天上的太阳。

“真亮。”他说。

“预报说这几天都是北京式的好太阳，”我说，顺手戴上墨镜，“前面的岔路口可以打车。”

“我想坐一会儿。”我姑夫说，一屁股坐到了路边一块奇形怪状的石头上。我陪着他坐下，递给他一根烟，接火的时候他的嘴唇和手都在抖。深吸了一口烟吐出来，他还在看天，“你看，天真大。”

那根烟吸完他平静一些了，拍拍屁股站起来，碾灭了烟头又吐了一口响亮的痰，说他想撒尿。四周空旷，连个像样的小屋都看不到，哪来的厕所。我让他就地解决，他不愿意。我只好指着不远处的一丛芦苇和荒草，那个地方可以避人。他背着包就走。

“你背着包干吗？”

“不沉。”他头也不回地向前走。

半支烟的工夫，他从芦苇丛后面走出来，如果不是他的光头和身后的大包，我差点没认出来那个穿一身西装的家伙就是我姑夫。他把囚服换成了西装。

“怎么样？”他掸着西装袖子上年深日久的褶皱问我，“都三年没动过了。”

“好看。”我说。

那西装一看就知道几年没上过身了，领子后面被虫子蛀了个洞，我没告诉他。我告诉他的是，穿西装比土灰色的囚服好看多了。我姑夫很高兴，说要快点打车，他要干大事。我说你不是刚去过芦苇丛吗？他说那里哪行啊，撒泡尿还可以，干大事，那得找个正儿八经的厕所才蹲得下去。我们就去打车。

出租车上了四环，姑夫扭着头到处瞅看，嘴里咕哝着：还在。还在。不对了。原来没有。什么时候出来的？变了。真变了。嗯，好看。

真他妈的，车都变快了。我姑夫一路都在抚今追昔，他唠唠叨叨地说，开始出租车司机还敷衍两句，后来也烦了，不理他了。我在打瞌睡，早上为了去监狱，起早了。司机放了音乐，车里就他一个人在说。

我住硅谷旁边的芙蓉里小区，租人家的一居室破房子。幸好还有个卫生间，姑夫进了屋就直奔马桶。他在那里待了好长时间，我正担心出了什么事，他拉开洗手间的门叫我。

“把我的内裤拿过来，”他从门缝里伸出脖子，上身光溜溜的，他连澡都洗了，“在包里。”

洗过了澡，姑夫躺到了我的床上，抽烟的时候说，不是人过的日子。我提醒他，该给家里打个电话了，姑妈和小峰都在等着哪。姑妈一大早就给我打电话，让我早点去监狱接他。姑夫抽完了那根烟，掐灭的时候说：“生活。”

小峰接的电话。姑夫说：“儿子，我是你爸。”

我听到小峰在电话那头哇地哭出来了，他说：“我爸，我爸。妈，我爸。”

姑夫又重复了一句："好儿子，你爸。"他也开始擦眼睛。

我去了客厅，看窗外奔跑的车辆和疾走的行人。楼下是忙碌的北京。每天我都站在窗前，看他们跑来跑去，或者和他们一样跑来跑去。姑夫在哭，老男人的哭声让人受不了。他一直叫着小峰的名字。后来应该是姑妈接了电话，姑夫慢慢不哭了，姑妈在那边哭。姑夫兴奋地说：

"我出来啦。"

他和姑妈断断续续地说。嗯嗯啊啊，一会儿又激情澎湃，长篇大论，和姑妈争执什么。我去洗手间把他的脏衣服丢进了洗衣机里，放了半袋洗衣粉开始搅。出来的时候姑夫的电话差不多打完了，他竟然跟姑妈说了几句北京味的普通话。然后姑妈让我接电话。姑妈还在抽泣，但也听出了清爽的高兴，毕竟是出来了。姑妈说，你多劝劝他，让他回家，别在北京混了，都快五十岁的人了。若是还留在北京，千万不能再去干那违法的事了，要是再出事，抛下他们孤儿寡母可怎么办，就是挣下一座金山银山还不是一堆粪土。

姑妈只能让我劝，她管不了姑夫。多少年来都这样，姑夫自己都管不了自己。我把姑妈的意思跟他说了。姑夫躺在床上抽第二支烟。

“不能回去，”他说，“就那小地方，抢银行也发不了财。”

“你在北京就能发财了？”

“在北京都发不了，去哪儿都没用。我想趁这两年还能动，把小峰读大学的钱给挣出来。”

“可是姑妈和小峰担心，他们宁愿日子过得苦一点。”

“我跟她保证过了，绝不再办假证，就是蹬三轮也不办了。”

他是我姑夫，忠告、教育什么的都轮不到我，我只是强调一下，姑妈和小峰这些年生活不容易。姑夫一边抽烟一边点头，说他都知道，以后会老老实实挣钱，挣大钱。

姑夫在芙蓉里待了三天就走了。这三天里

他到处跑，出去找工作，也让我给他留意合适的招聘广告。后来他找了一份送报工，先干着，安稳下来再做打算。我给了他两千块钱，让他租个房子，置办一下生活用品。临走的时候他信誓旦旦，说一定不会让姑妈和小峰失望的。

过了两天，姑夫给我打电话。我问他在哪里，让他挂掉我打过去。他说不用了，他用的是手机，我打过去还两头收费。他打过来就是为了告诉我他的号码。

“你要个手机干什么？”我想他真是能穷折腾。

“现代人嘛，没个联系方式怎么混？”姑夫说，一点都没觉得不好意思，“二手的，三百块钱。你忙吧，我要送报纸去了。”

2

我姑夫是个办假证的，三年前被警察抓了个正着，一堆假证件都揣在口袋里，就进去了。他进去多少有点冤，当然他的确犯了法。我的意思是说，他当时身上的假证件并不是他揽的活儿，而是一个叫路玉离的女人的生意，她也是个办假证的。

那时候我还没见过这个女人，听说长得不怎么样，但是对我姑夫不错，是姑夫的情人。她害了我姑夫。那天他们俩一起在街上转悠。我姑夫没生意，主要是陪路玉离到万柳中路附近交货。那时候的万柳，除了已经成形的光大花园，只是一片乱糟糟的贫民区，房屋低矮，土路，大卡车过后尘土飞扬，缥缈的沙尘要到下一辆车经过时才能沉落下来。路玉离选择这样的地点交货是有原因的，荒僻的地方警察少。这也是办假证这一行的规矩，要在硅谷门前交货就太危险了。

我姑夫只是个跟班的，他是路玉离的情夫，当然要和她在一起。他又是个男人，东西当然也要他装着。那天他穿着夹克，五个假证揣在他怀里。他还戴着墨镜，叼着烟，手里拎着一方便袋的桂圆，那女人喜欢吃。他们和客户约好了下午三点交货，他们两点一刻就到了，早点到探探路。两点三刻百无禁忌，什么情况都没有。十几米外是万柳中路南口的公交车站，站牌下几个人在百无聊赖地等车，看起来与这个世界没多大关系。从长春桥那边迎面走来三个形貌乱糟糟的男人，一个还戴墨镜，像老大。

墨镜说："带来了没有？"

路玉离说："带什么？"

墨镜说："证呀。"

我姑夫见他们的样子的确像是需要假证的人，就问他的情人："是他吗？"

路玉离瞅了两眼，低声说："好像不是。"拉着我姑夫就要走。

墨镜旁边的两个就上来了，挡在他们面前。路玉离一甩手，"快跑。"

他们两人分头跑，当然都没跑掉。墨镜一个人把路玉离收拾了，我姑夫跑了大约五十米后被另外两个抓住了。当时站牌底下的几个人都看到了我姑夫狼狈的丑态，他甩着手里的袋子，桂圆一路撒落，断断续续滚了一地，另一只手想扔掉怀里的假证，可拉链就是拉不开。他被抓到了，脸贴着泥土被摁在地上，剩下的桂圆被一只脚全踩坏了，他听到了桂圆破裂汁液迸溅的声音。有一回我去监狱看他的时候，他还跟我说，可惜了那袋桂圆，新鲜的，可不便宜。

三个便衣把他们带到了局里。审问的时候很有意思，这种案子不大，而且常有，几个警察坐在办公桌前，他们俩蹲着，问一句答一句。他们先问路玉离："你知道你触犯了法律吗？"

"我没犯法，"路玉离说，"我是跟着他来的，不关我的事。"

我姑夫就急了，这事不是开玩笑的。"这证不是我的。"

"到底是谁的？"

路玉离说："是他的。"

我姑夫说："是她的。"

那天没审出个名目来，他们简单地打了他们俩一顿，因为要下班了。挨打的主要是我姑夫，他是个男的嘛。挎打的时候，路玉离小声对我姑夫说，认了吧，否则两个人都得受罪。她说如果我姑夫把罪名揽下来，她就没事了，这样她出去后就可以到外面找人活动一下，三下五除二地把他解救出来。我姑夫觉得她说得也有道理，深思熟虑了一夜，第二天就全认了。他知道路玉离路子广，她在北京单是办假证就干了七八年了，三教九流的人认识了不少，据说处级以上头衔的名片就有一大摞。我姑夫在北京这一年，喝酒都找不到一个碰杯子的人，就是傍上了路玉离才过上了算是滋润的日子。路玉离出去了，他还有点希望；路玉离也进来了，他准没好果子吃，女人一急，一定会拉着他一起陪葬的。所以他就大义凛然地代路玉离受过了。

他和路玉离都没想到的是，事情竟然搞大了，那几个证跟一个不太干净的贪污团伙扯上了关系，他们企图通过这些假证件往上爬，评职称，定级别。路玉离出来了，多少也花了一点钱去解救我姑夫，但是效果几乎可以忽略不计。在宣判之前，她去看了我姑夫，结结巴巴半天才说："怕是不行了。"

我姑夫当时就哭了。路玉离安慰了他一番，让他嘴紧点，什么都别说，别把一大堆人都供出来。这是道上的规矩。供出来了，谁都没有好日子过。我姑夫此刻已经六神无主了，那女人说什么是什么。后来的几次拷打他竟然都咬着牙挺过去了，除了那几个证，他什么都没说。

我父亲当时还来拘留所探望过我姑夫一次，因为姑夫没把我也牵连进去。在此之前，父亲是十分讨厌我姑夫的，在父亲看来，姑夫就是个不折不扣的败家子、浪荡子，这些年没让我姑妈过上超过三年的好日子，挣了钱就瞎搞，去舞厅跳舞，去酒吧喝酒，和女人鬼混。我父亲讨厌的事情姑夫基本上全占了，逢年过节他到我家给我爷爷奶奶送节礼，父亲根本不愿意搭理他，用他的话说，见了姑夫酒都不想喝了。

但那次父亲还是来了，一是看在姑妈和小峰的分上，另外就是刚才说的，姑夫没给我带来麻烦。

他被抓以后，警察搜了他租住的小屋，海淀旁边巴沟村的一间小平房。他们在那里搜到了姑夫已经做好但还没来得及交货的一份毕业证明，是给一个京漂找工作做的假材料，按照北京联合大学的毕业证明做的，上面有成绩单，班主任和系主任的评语及签字。班主任的评语是姑夫自己写的，系主任的字是他让我写的。当时我还在读本科，姑夫经常到北大西门附近交货，拿了钱就到宿舍里找我，顺便请我吃一顿。他经常去北大玩，除了找我，他多数是和路玉离一起去的，陪她散步，未名湖边的风景不错，姑夫经常也能附庸风雅一下。我们宿舍的同学他都认识了，偶尔也会叫上同学一起下馆子。他经常和我同学开玩笑，问他们要不要假证，熟人，五折就行。他对打算考研究生的同学说，读什么研究生，浪费三年时间还要花一堆钱，办个假证算了，三五百块钱搞定，多省事。我舍友都很喜欢他，因为他这人还有点意思，不算太俗，而且看起来也不像个违法分子，倒像个体面的机关干部，他喜欢把自己收拾得干干净净，头发上永远都飘着优质啫喱水的香味。

吃饭的时候他从公文包里拿出一张纸，让我瞎写几句，当一回系主任。我就写了，然后签了一个龙飞凤舞的名字。仅凭这张纸倒无所谓，问题是他们还搜到一本小说，上面有我的字，我习惯在书上留下买书的时间、地点什么的。那是拿给姑夫消遣的读物。两下一对照，他们发现假材料跟我也有关系，就去学校领导那里找我。

当时我吓坏了，我从没和戴大盖帽的打过交道，而且辅导员的脸色很难看。我说是我写的，他是我姑夫。调查之后就没动静了，我倒不安了，不知道明天会怎样。过了三天，我忍不住问辅导员，警察怎么说？辅导员挑着眉毛对我说：“没事了，你那宝贝姑夫承认是他逼你写的。”

有姑夫这句话，加上系里领导老师的保

护，这事就算结束了。虱子多了不痒，姑夫把事情全兜着了。路玉离在北京继续办假证，过得好好的；姑夫一个人待在监狱里，靠两眼望天和出来以后的发财梦熬过了三年。

3

后来我见到了路玉离，长相一般，腰倒是挺粗的，身体也丰硕，走路的时候浑身没有一处不抖的。因为不辛苦，五十三岁的人了，保养得跟四十左右似的。姑夫说，其实她对他很好。但是姑夫是否真的喜欢她，我就不知道了，我只知道，在北京，姑夫离不开她。

姑夫是四十五岁时决定来北京的，之前在家待了半年，再之前大约有四年时间在深圳，在我叔叔的公司里做事。我叔叔是公司里的一个小头目，不大不小，要负担我婶婶那边一家人的生活，日子过得也比较紧，工作又忙，没有剩余时间理会我姑夫。他和我们家其他人一样，了解我姑夫的为人，所以对他要求也不高，只要老老实实工作，把挣到的钱拿回家，不出问题，就万事大吉了。就是这样，姑夫还是出问题了。

他在深圳的时候学会了赌钱。开始是陪顶头上司，几个人在办公室里瞎玩玩，玩着玩着就进去了，瘾都快超过领导了。一到周末就去一个姓汪的领导家打牌。我姑夫人长得不错，从年轻时就很有女人缘，我叔叔后来都很奇怪，他哪来那么多精力和钞票去和女人来往。他和汪领导的老婆一来二去就熟了，然后眉来眼去，再后来就发展成了男女关系。除此之外，他还和公司门口的一个酒吧女郎相好，隔三差五住到那个女人家里。这事我叔叔是知道的，他也懒得管，管也没用，用他的话说，狗改不了吃屎，只要不出事就好。但是跟领导老婆通奸怎么可能不出事。

倒不是我姑夫黏着那女人，而是领导的老婆缠着我姑夫。姑夫一表人才，看起来比公司老总还体面，比那女人的领导丈夫强多了。领导的老婆也不是想离婚和我姑夫过，姑夫是个打工的，跟她老公比起来就是一个穷光蛋。但她就是吃醋，吃酒吧女郎的醋，打牌时她看我姑夫的眼神都很幽怨，好像我姑夫对不起她似的。后来姑夫跟我讲起这事，他一点都不害臊。他说领导很长时间都没发现，因为他们都在外面幽会。有一次领导和他老婆在床上做事，那女人莫名其妙地喊出了我姑夫的名字。喊了两声她就意识到了，赶紧闭嘴。但是已经露馅了。领导当时没吭声，下了床就找人跟踪他老婆。在一个周末下午，他们幽会结束，领导老婆出了宾馆，领导就带着几个人冲了进去。那时候我姑夫正懒洋洋地躺在床上抽烟，回味着呢。一个黑脸的一把就将姑夫甩到了床下。

我开玩笑问他：“那女人看上你什么了？一个打工仔。”

“呵呵，”姑夫自豪地说，“男人啊，喜欢我是个正儿八经的男人哪。她说了，床上床下，都是。”

作为男人的姑夫被赶下了床的同时，也

被赶出了公司。我叔叔气坏了，你怎么搞都可以，兔子还不吃窝边草呢，竟然在领导嘴里抢饭吃。他也管不了，连道歉的话都没法向人家开口了。姑夫在床下被打了一顿，只穿了一条裤衩，挨打的过程中没有一点反抗，两手坚决护住那个地方。

姑夫在深圳混不下去了，他搞得我叔叔很烦，本来对他就一肚子火，我们家人都觉得姑夫不地道，老婆儿子扔在一边，只顾自己快活。姑夫被捉奸以后，自觉没脸见他小舅子，就知趣地回了老家。这两年按理说他应该赚了一点，在深圳那地方，都说弯腰就能捡到钱，可是我姑夫只带了不到八千块钱回家，他把钱都花到牌桌上和女人的床上了。我姑妈和他吵了一架，很多天都没理他，她一直指望他能够多挣一点钱，买套房子，从现在的平房里搬出来。他们家在县城，那地段一直都是抢手货，那排平房后面已经建起了六层高的楼房，一抬头就看见楼上窗口边别人的脸。姑妈觉得很难受，整天生活在别人眼皮底下，做梦都看到头顶上有无数张脸在晃动。可是姑夫只拿回来了半个厕所也买不到的钱。

姑夫在家里无所事事地待了半年，整天吆喝着要出去找工作，最后还是两手空空。我们那个小县城，真没听说干什么能够挣钱，尤其像我姑夫这样的人。他希望穿西装戴手表，背着手到处走走就能来钱。这种赚钱方式，在我们那地方，除了当领导，就是到北京来办假证了。所以姑夫就跟一个朋友来北京了。

他来北京的时候，我读大三。姑夫两周后才找我，跟他一起来的是他的那个朋友，我也认识，在西门外的元中元酒家请我吃了一顿饭。那家伙是个混混，和姑夫差不多的性格，在我们那儿名声也很臭。他来了两年了，听他自己说，手里已经攥着三四十万了。尽管是吹牛，这个数字还是让姑夫羡慕不已。姑夫就跟着他混，已经做了五天了，揽下了一个小活，大概能挣上四五百块钱。他详细地介绍了一遍他的新事业，很兴奋，我才明白办假证是怎么一回事。

姑夫干的是小喽啰的活儿。就是在路边或者哪个学校门口，大街的天桥上也行，站在那儿，见到差不多的人就问，先生，要证吗？如果人家理都不理，就过去了，再问下一个。如果对方迟疑一下，或者鬼鬼祟祟的有点意思了，姑夫就压低声音说，什么证都有，保证质量，安全又便宜。碰巧了对方的确有这个要求，两人就跑到一个僻静地方，提要求，谈价钱，最后定下交货时间和地点。

我听了觉得很好玩，说："不就跟妓女拉客一样么？"

姑夫笑呵呵地说："不一样，妓女只拉男客，我们男客女客都拉，而且不需要床。"

那个老混混说："妓女也不一定就需要床啊。"

我姑夫跟着他笑。他们俩年龄差不多。姑夫的朋友好酒无量，喝了四瓶啤酒话就多了，唠唠叨叨说了不少关于办假证的事。他说他的愿望就是成为一个小头目，不要整天在路边上晾着，见人就问，像个孙子。他想再干两年，手底下有几个人,别人去联系业务,他专管制作,印刷假证，私刻公章，做一些最实际又是最能赚钱的事。他说，你们不知道，那帮幕后操纵的家伙才叫挣钱，哪个月不是几万十几万，不像他和我姑夫，找到了生意只赚个嘴皮子钱。

姑夫说：“嘴皮子钱也不错，开口的时候多要点，三两年也能小发一点。”

那家伙就骂我姑夫没出息，不像个挣大钱的男人。他说你看路玉离两口子，多滋润，手下才网罗五六个人，现在就是待在家里，钱也长眼了似的源源不断地往他们口袋里跑。

姑夫说：“就是你说的那个胖女人？”

“是她。她男人进去过两年,被打得不轻,折腾出病了,道上的都说他那玩意儿不行了。”

他们又笑起来。

姑夫的朋友没能当成小头目，一个月后就被警察抓了。一个人在饭店里喝酒闹事，饭店老板打 110，被当成无家可归的流浪汉收容了。警察查看他的证件，竟然翻出了两个假证，这就没什么好说的了，进去了。

我姑夫还没站稳脚跟就失去了靠山，那段时间他很紧张，他还没有把办假证这一道上的规矩、路子摸熟练。他到学校找过我两次，明显看出他的动荡不安。又过了些日子，他打电话给我，说没问题了，生活上了轨道。后来我才知道，那个时候起，他就跟路玉离混了。不仅是办假证，生活上也跟她混在了一起。他先联系路玉离的，然后路玉离就开始联系他。听说奸夫淫妇都是能闻出对方的味儿的，看来是真的。

应该说，我姑夫在办假证的人里头算是个人尖子。我经常在北大南门和海淀附近遇到办假证的，和他们相比，姑夫绝对是个帅哥，老帅哥也是帅哥，而且更有味道。他与生俱来好像就比较洋气，气质不错，这也是当初他吸引我姑妈的重要原因。普通话也溜，很难相信一个高中毕业生，正儿八经的普通话训练一天没有，就说这么好。我同学都说他的普通话说得比我好多了。他又会讨女人欢心，把路玉离搞到手应该不成问题。

他和路玉离搞到一块儿去之后，好长时间都没有给家里打过电话。姑妈把电话打到我宿舍，问我姑夫现在怎么样了。我说，我也有一个月没见到他了，没问题，应该还活着。

我姑妈就哭了，她在电话里说：“这个不要脸的，那八千块钱竟然还是借你叔叔的，你婶婶催着要他还了。”

姑妈的意思是，姑夫其实一分钱都没从深圳拿回家，拿回来的钱还是临时跟我叔叔借的。我婶婶想换一套房子，开始要债了。我婶婶说，当初姑夫答应很快就会还给他们的。现在快一年了，连个钱影子都没看见。

“姑夫好像最近干得不错，”我说，“手机都换了新的。”

“换了也不告诉家里！”姑妈哭得更厉害了，“我怎么瞎了眼找他这么个混蛋，这日子没法过了，不如早点死了算了。”

说完电话就挂了。我觉得姑妈不对劲，隐隐约约也听见电话那头表弟小峰的哭声。我赶紧又打过去，是小峰接的。

小峰哭着说："我妈老是头晕，好好的也会头晕。"

"去过医院了没有？"

"没有，我妈不愿意去。家里没钱了，我妈把家里剩下的三千块钱都寄给舅妈了。"

我气坏了，挂了电话就打姑夫的手机。他说正在和客户谈生意，过会儿打给我。一刻钟后，他打过来了，问我什么事，他正在北大西门外的蔚秀园里，让我过去，一起吃午饭。

在去小饭馆的路上，我就气呼呼地把电话里的事给他讲说了。事关我姑妈，我没给他好脸色。姑夫一路点头地听着，沉默了一会儿说：

"你觉得你姑妈跟着我是冤了？"

"不是冤，是冤大了。"

"是，冤大了。小峰做我儿子也冤。"

"你也知道？"

"知道，"姑夫说，"我还知道赚钱，现在我整天想着的就是怎样赚钱。"

我听得莫名其妙，好像他已经赚了不少钱似的。我说那你赚的钱呢？姑妈和小峰在家里都快饿死了。

“寄，我下午就寄钱回家。”

我们在小饭店里坐下，刚点了两个菜，姑夫的手机就响了。我只听到是一个女声。他到门外去接电话了。

很快他就回来了。“你一个人吃吧，”他说，“有个朋友找我，急事，我得过去。两个菜够么？单我先买了。”

“是个女人？”

姑夫说：“当然是个女人。”

4

路玉离。一看见我就知道是她，三年后又和姑夫站在了一起。他们在海淀等车，我下班从报社回来，刚下公交车就看见了他们俩。姑夫见到我有些不好意思，冲我笑笑。怪怪的，但我不知道怪在哪里。路玉离也看到了我，她从姑夫的眼神里认出了我是谁。

姑夫说：“这是路阿姨。”

“哦，”我说，“路玉离？”

白胖的路玉离说：“是，路玉离。”

呵呵，姑夫又笑笑，摸了摸脑袋上的板寸。他出狱刚刚一个半月，头发就长了。我终于发现哪个地方不对劲儿了，他把头发染黑了。半个月前我们见过面，他还是花白的一寸来长的短头发，三年的牢狱把他的头发熬白了。现在自由了，就重新黑了。

我说：“姑妈昨晚给我打电话了，小峰这次月考又是全年级第二。”

路玉离没看我，掏出手机看了看，对姑夫说：“你们聊吧，我有点事，先走了。”

姑夫没来得及阻止，她就走了。吃醋了，一脸的酸样。

“小峰又是第二？”

“不知道，瞎说的。姑妈好多天没给我打电话了。”

姑夫苦笑了一下，“你又何苦呢？”

“我说说自己姑妈犯忌么？”我看了他一身领导的打扮，“报纸送完了？”

“没办法，那体力活实在赚不了钱，糊口都不够。别站这里了，找个馆子去说。”

“那我不是又要吃违法的晚餐？”

元中元已经拆掉了，我们到另一家馆子里，旁边就是元中元还没有运走的一片瓦砾废墟。饭店老板少了竞争，及时地把菜价提了上去。老板对姑夫很熟，主动要求给他打八八折。这段时间他经常带着路玉离来，偶尔也会是某个道上的小朋友。

“报纸送了多长时间？”

“半个月多一点，”姑夫说，“吃不消，累得要死又赚不到钱。”

“就重操旧业？她找你的？”

“我找她的。她欠了我三年，得还回来。不过说实话，除了这个，我实在也想不起来还有什么更能挣钱的。”

“你当时不是答应姑妈和小峰的么？”

“答应有个屁用？”姑夫说，喝啤酒的时候有点激动了，“如果答应什么来什么，我天天答应。现在的问题是，日子怎么过？过了年就五十了，还能蹦跶几天？家里那一摊子事，我不想拖到临死，把债留给小峰去还。”

这句话好像挺正经的。姑夫有点让我刮目相看了，他从来就是一个今天有酒今天醉的人。竟然开始担心家里和生活了。我们老家有句话说，树大自直，如果事情真如姑夫所说，那他这棵快五十岁的老树，是要打算站直了。要按我想，他早该站直了，家里他不能不担一点心了。

他进去的第二年，姑妈头晕实在受不了，去医院做了一次彻底的检查，检查的结果把她吓哭了。风湿性心脏病，二尖瓣关闭不全，供血跟不上，所以头晕。医生说，要做手术，换个瓣膜，否则越拖越严重。姑妈哭不是怕死，而是被高昂的手术费吓坏了。医生说，大约要七八万。这个数字对住在别人眼皮底下的姑妈来说，就是个天文数字。她一直梦想有一套不错的房子，这样的房子在我们那儿的小县城，七八万已经足够了。如果做这个手术，就相当于用一套房子换了一个瓣膜。这还是次要的，要命的问题是，这钱从哪里来？

姑夫长年不在家，在哪儿都挣不了多少钱，家里面几乎不靠他。但那是太平的时候，真正有了大事，像手术这样的，需要钱，姑妈就没办法了。姑妈是个要强的人，有困难也不说，何况还找了这么个丈夫。那时候姑夫正待在监狱里，每天摸着光头不知在瞎想些什么。姑妈不好说。当初我们家人都不同意姑妈和姑夫来往，更不要说结婚了。

我们家在镇上，但我父亲有一帮朋友在县城，父亲又常去县城办点公事，所以大大小小的事都知道一点。姑妈在县城的化肥厂里做会计，一个周末回家，在饭桌上告诉我们，她谈了一个对象，然后说出了名字。当时我还小，刚读小学二年级，对“对象”这个东西还一知半解，对姑妈带回来的奶油核桃倒是很有兴趣。我记得父亲当时就把筷子放下了，说不行。祖父就问，为什么不行？父亲说，这样的人绝对不能做我们家的女婿，他听朋友说起过这个人，没工作，整天到处瞎混，吃喝嫖赌，别人能干的坏事他都能干，就是好事不会做。

姑妈就哭了，说："你怎么知道他坏？他对我比谁都好。"

姑妈哭得很伤心，祖母看不下去，她老人家最疼我姑妈。就安慰姑妈，让我父亲少说几句。母亲也劝父亲，让他先去县城了解一下，姑妈一辈子的大事，不能一句话就打发了。姑妈那个星期只在家待了一天就回去了，她骑的自行车就是我姑夫送的。那时候自行车是个好东西，姑妈骑得意气风发，她根本就不知道，姑夫只用一辆自行车就把她骗到手了。父亲第二天请假去了县城，半天就了解清楚了，屁股大点的地方，一个人半夜说梦话半个县城都听得见，了解得很清楚。

回家以后，父亲说："当然不行。"

据父亲了解，我姑夫那时候谈了已经不下十个姑娘了，都是玩玩就把人家扔了，他那吊儿郎当样，根本就没想要和人家有什么结果，快三十了还整天乐呵呵地做花心大萝卜。没工作，就仗着他爹那点退休金过日子，整天烧得难受，吹着口哨到处乱转，县长也没他悠闲。说不准就是瞧上我姑妈那个待遇不错的工作才讨好她的。

祖父说：“那怎么办？”

父亲说：“一句话，不行。”

我们家人都觉得事情就这么定了时，姑妈竟然把姑夫带到家里来了。我父亲很生气，一天没理他，连姑妈都没理。但是姑夫能说会道，嘴上像抹了蜂蜜，一个劲儿地给我祖父祖母灌好听的。看那样子一点都不像个不良青年，祖父祖母的脸色就松动了。而且姑夫的脸膛挺顺水的，男人长得不丑总还是不讨人烦的。再者，他毕竟第一次来，就是个陌生人也应该给个面子，祖父祖母这么一想就不自主地妥协了。姑妈既然决定把他带回家来，显然已经对可能遇到的困难想出了对策，应该说，那天姑夫基本上是完满地完成了姑妈交待的任务。

他穿一身西装，戴了架眼镜，口袋里还插着一支钢笔，看起来是个文化人。我祖父离休之前是小学校长，本能地喜欢文化人。这让我母亲也不好说不是，人家是城里人，比我们洋气。除此之外，姑夫还在我身上下了不少功夫，姑妈知道祖父祖母最宝贝我，哄我开心了就等于哄祖父祖母开心了。姑夫坐在我们家的八仙桌前，招呼我和姐姐过去写作文，他把口袋里的英雄牌钢笔掏出来，说作文谁写得好这笔就奖励给谁。我哪里会写什么作文，就瞎说，把昨天晚上在广播里听到的故事简单地讲了一遍，不会写的字用拼音代替。姐姐当时读三年级，她的文章写得好，经常被老师带到县城去参加作文大赛。但是，那次我赢了。

姑夫看着我的歪七扭八的句子说："嗯，这个好，有想象力。钢笔归你了。"

我当然很高兴，英雄牌钢笔哪，班上同学都还在用铅笔。姑夫用一支钢笔就把我收买了，我就喜欢他了。这些年我们感情很好，他也喜欢和我说话，没有太多的长辈的顾忌，大概就是那天培养起来的。送我东西就是好人，我对祖父祖母说，那个人真好。

尽管父亲强烈反对，最终姑妈还是嫁给姑

夫了。几年后姑妈就后悔了，已经晚了，小峰出生了。

姑妈从医院回来尤其难过，心想，这病一定是给那个浑蛋气出来的。但是病还要治呀，没钱，姑夫还在监狱里蹲着哪。她就哭，想起来就躲着小峰哭，越哭头越晕。小峰知道了，背着姑妈给所有的亲戚打了电话。小峰在电话里说着说着就哭了：“我妈要做手术，我想借钱。我会还的，考上大学我就去挣钱，我爸欠下的我也会还上的。”

母亲告诉我，她在电话里听小峰这么一说，当时就哭了，小峰才十七岁，这么懂事，他爸不是个东西就算了，冲孩子这句话也得借。远远近近的亲戚都拿出了钱，凑了八万多，帮姑妈做了手术。手术时，我们家人都在手术室外候着，对姑夫这些年的行为集中进行了一次批判。姐姐说，写信给姑夫，让他在监狱里也知道，他不仅害了自己，也害了一家人。小峰好长时间都不说话，后来说：“我和妈都不想让爸知道，他在那里已经够苦的了。”

祖母又哭了，这回不是哭姑妈的命苦，而是哭姑妈的命好，生了小峰这么个知冷知热的好儿子。

这些事姑夫直到出狱之后才知道，听了以后还掉了几滴眼泪。但我不知道这些到底能改变他多少。那时候小峰高考已经结束，因为考前很多时间都花在了照顾姑妈上，成绩不是很理想，被一个三流大学录取了，他不愿意去，又硬着头皮重读了高三。他想念一个好大学，以后对家庭、对他自己都有好处，我想小峰已经不指望我姑夫来还债了。

所以半个月前我对姑夫说："小峰比你强。"

这次姑夫没有笑，而是哭了，咬牙切齿地说："我他妈的一定要挣钱给我儿子花。"

现在我们坐在饭店里，姑夫说，他又干起了老本行，和路玉离在一起。

"你就打算这样干下去？"我说，"现在公安局这事抓得挺紧的，报社里经常有这方面的消息。"

"再紧也得干，紧点也好，越危险其实越

能赚钱，可以提价。”

“万一出事怎么办？”

姑夫点了一根烟，说：“我也在考虑这事，所以想自己找几个人单干，不在外面到处跑了。不过这要时间。”

“就像路玉离那样？”

“嗯。怕是做不了她那么大。她干了很多年了，除了假证，还搞假发票，什么都搞。”

“你们在一起？我是说，她老公那边她怎么说？”

“是不是笑话我和这么个丑女人在一起？”姑夫笑了笑，转着酒杯说，“说实话，你姑妈是我见过的最好的女人，但是没办法，在外面没个女人就是不行，生活会一团糟。而且，现在我得先跟着她混，从她那里找门路。也不是整天在一起，隔三差五吧。”

“她老公那玩意儿真有问题？”

“还行吧，听说还能用。他们不住一起，她管海淀这片的生意，她老公管朝阳和丰台那片。他有小女人，而且是两个，都二十来岁。”

我说噢，原来都有自己的一亩三分地，井水不犯河水。

晚上都没什么事，姑夫就说，咱爷儿俩要好好喝一顿，一是庆祝我成了个国家人，都记者了；再就是庆祝他终于出来了，三年的日子不好过啊，做梦都梦见屋顶上开了自由的天窗；三是祝贺生活总算有了点想法，得好好干。我们就喝。姑夫说到底还是个浪荡子，舌头一大就跟我谈女人的问题，他建议我该找个女朋友了，不能整天一个光棍跑来跑去。

这话几年前他就跟我说过，我大一寒假回家，年前去了他家。那时候他还在深圳做事，向我吹嘘深圳怎么怎么好玩，半夜里姑妈和小峰都睡了，他还在说。突然他一拍大腿，说想起来了，伸着脑袋到抽屉里去找东西，半天摸出一张盗版碟，塞到 VCD 机子里让我看。竟然是三级片。搞得我很不好意思，又很想看。他就说，没什么不好意思的，他是特地从深圳带回来给我看的，我都上大学了，十八岁了，该明白这种事了，男人嘛，就得懂得多点。小峰还得几年，他还小。然后他就睡觉去了，留下我一个人看。

在女人这事上，我念大学后，他在我面前从不避讳。我们喝了好长时间，菜不够了，他让添，炒腰花。我说这菜不是已经吃了一盘么？

“吃了一盘，再来一盘，”姑夫凑到我这边说，“跟你说实话，这两天老想着挣钱，有点力不从心，得补补。”

那晚我们吃了三盘炒腰花。

5

姑夫决定好好赚钱以后，我们见面就少了。不是见不到他，而是很少碰面，没空在一起喝喝酒，或者他到我住的地方去了。偶尔在公交车上我也会看见他，在站牌下，或者是在海淀，有一次我坐车经过人大正门，看到他叼着烟在校门口转，应该是在找生意。

一个星期天上午，因为不上班，我还没起床，被一阵轻微的敲门声吵醒了。我开了门，是姑夫。我刚要说话，姑夫向我摆摆手，赶快把门关上了。我重新爬到床上，问他鬼鬼祟祟的出了什么事。

“还能有什么事？”姑夫走到窗户前向下看，抚着胸口小声说，“妈的，被盯上了。你看看，那小子还在。”

我觉得挺好玩的，就从床上下来，趿拉着鞋子过去看。楼下果然有个警察，提着警棍到处乱瞅。“你怎么知道是盯上你的？”我说，“说不定人家也是碰巧到这里。”

“不可能，”姑夫说，一屁股坐到了椅子上，到我抽屉里找烟，哆嗦了半天才点上，看样子他刚才很紧张，“一定是盯上我了，他妈的，吓死我了。一朝被蛇咬，十年怕井绳，我算明白了。现在见到狠一点的警察就腿软。”

他是来海淀这儿交货的。约好了客户，他在硅谷电脑城门口等，抽了两根烟，无意中看见了一个警察，可能是心理作用，他总是有意无意地看那个警察，那警察就注意到他了。姑夫和人家约好了在那里见，不好随便离开，只好接着抽烟，把剩下的两支也抽完了，看见客户走过来，他赶紧迎上去，告诉客户这儿不安全，要换个地方交货，他莫名其妙地回了一下头，正好和警察目光相对。姑夫说，当时他就出了一身汗。他带着客户拐进芙蓉里小区，想在哪栋楼后面避人的地方谈妥了再交接。谁知道那个警察就跟上他们了，也进了芙蓉里。姑夫心想坏了，不敢再冒险继续下去，就对客户说，换个时间再联系吧，别搞出事来了。那客户也怕，两人就分开走两路了。姑夫转了一个弯就开始跑，接着就听到身后也响起了脚步声，他真是吓坏了，围着几栋楼转了好几圈才想起找我，就上来了。他在我住的楼这儿终于把警察甩掉了。

“惊险，真惊险，”姑夫大口大口地吸烟，然后把烟雾吐出来，好像打算把恐惧也一并吐出来，“那个鸟警察他妈的眼睛真毒，我像个办假证的吗？”

“不知道，”我说，“那家伙可能也是个打假的老手。”

“不能再这么干了。得网罗几个人，这担惊受怕的日子没法过了。”姑夫说着，又谨慎地走到窗前，伸长脖子往下看，“终于走了。”

“还出去？”我开始穿衣服下床。

“等一等，”姑夫说，“算了，就在你这儿吃午饭吧。我担心那鸟警察没走远。你下楼买菜时帮我看看，还在不在，高个子，脸上的络腮胡子没刮干净。”

下楼买菜时，我特地到硅谷那儿转了一圈，除了维持交通的保安，没看到戴大盖帽的。上了楼我告诉姑夫，今年国家要召开好几个会，可能会不定期地抓一抓治安和打假，小心别再给逮了。姑夫头点得很利索，他说：“你在报社，消息灵通，有什么情况赶快跟我说。”

“好啊，”我说，“我也不想你出事。报社常派记者到公安局去采访，有时候就是采访像你这样的，当然是被抓住的。”

姑夫干笑了两下，说咱别老说这些了，喝酒，喝酒。

一喝酒姑夫就想起说女人，说男女的那点

事。他说他累，心里累，那东西也跟着累，经常事情刚到一半就没感觉了，惹得路玉离老是骂他。

“你怎么心累了？”我笑着问他，他那玩意儿不太好使了，我说不清楚是幸灾乐祸还是替他担忧。

“想赚钱，妈的，赚大钱，”姑夫说，“对了，你有没有不行的时候？”

这问题就有点过分了，好在我习惯了他和我说话的方式。“我又没结婚，怎么知道？”

姑夫很沮丧，感叹说：“活了大半辈子了，才发现一个简单的道理：自己的有些东西都不听使唤，何况别人。”

我笑了笑说：“路玉离欺负你了？”

“不是，”姑夫说，“她舍不得分几个人给我，她说我干不了。妈的，她一个娘们能干了，我就干不了？笑话。”

姑夫为此生路玉离的气，都睡到一张床上了，还舍不得分几个钱给他花花。

这句话说了不到一个月，姑夫打电话告诉

我，路玉离终于答应分一点生意给他了。给了他五个人，就是说，这五个人在外面找到活儿，都交给他，让他找人做。姑夫很兴奋，说话的口气俨然已经是大老板了。然后炫耀似的告诉我，其实做个小头目也不容易，要操多少心哪，原来在大街上揽生意，只要动动嘴皮子把人家说动了，找到活儿往上一送，就等着拿证交货了，现在不行了，你得操心，他要什么样的证，要去找原始的证件，联系印刷厂，还要找人刻字，挺烦的，最烦的是纸张分析，这个很要命。姑夫接着就骂起来了，说现在的学校都他妈的瞎搞，毕业证弄得那么花哨干吗，纸张越来越复杂，每次都要找专家进行纸质分析，看这纸是怎么做出来的，然后再根据分析的结果做出同样的纸来。姑夫说得很郑重，好像他不是在做假证，而是印假钞票。

有了五个跟班的，姑夫显然忙起来了。我们见面的机会更少了，只是通电话，而且多数都是我打给他。一接电话他就说，忙啊，他妈的忙死了。

“那一定挣了不少钱了。”我说。

“还行吧，”姑夫说，“总得挣点吧。”

好像已经有了很多钱。我也以为他挣了一些，那么忙，不挣钱还能干什么。他忙得有时候都差遣我了。他在电话里说，有个客户想办一个北大硕士毕业证，让我帮他找一个原始的证件好模仿，而且规定了时间，务必在三天之内。好吧，谁让他是我姑夫呢。我到北大找到了正在读研的同学，让他帮忙。同学找到了他的在读博士的师兄，我请他们吃了顿饭，把毕业证拿到了，然后亲自送到了姑夫住的地方。

姑夫住的地方在西苑，乱糟糟的，一间小屋里到处堆满了东西，被子没叠，脏衣服也没洗。这和姑夫一贯的爱俏有点不协调。

“没办法，”姑夫说，左手电话，右手翻开通讯录找号码，“忙啊。”

我翻着他桌子上几个假证，有人大的，有北京理工的，还有江苏的河海大学和江西的南昌大学的。一个大学的一个样。看来姑夫的生意遍天下了。

“当老板的感觉不错吧？”我说。

“比你想象的要差很多。现在生意不好做了，不像几年前，现在的毕业证都上网了，假证上不了，一查就露馅了，生意就少了。妈的，大好时光都浪费在不是人待的地方里了。”姑夫说。电话通了，他说，“嗯，是我，对，是我。没问题了。嗯，好的。到时候我派人送过去。嗯，好的，好的。再见。拜拜。”

姑夫这辈子终于尝到点领导的味儿了。他一板一眼的普通话让我觉得好笑。

“路玉离呢？怎么不帮你收拾一下？”

“去她男人那里了，过两天就回来。对了，”姑夫说，从抽屉里找出一张假成绩单来，指着上面的一溜小方框，“帮我想几个课程的名字，就是你念大学时上过的那些课，然后打个分数。”

“打多少分？”

“瞎打。八十分以上，随便。”

6

我以为姑夫的好日子终于到来了，没想到刚过一个月就出事了。不是他出事，而是他手下一个叫麻杆的出了事，被抓了。

麻杆被抓和姑夫也有一定关系，麻杆是和姑夫一起出去交货的。我想一定是姑夫的领导情结抬了头，他戴着墨镜，让麻杆装着要交的三个证。麻杆我没见过，但听姑夫的描述，瘦得跟猴似的，形容有些委琐，一看就知道是个不法分子。警察注意到他也是理所当然的。姑夫不装那三个假证的另外一个原因，他大概不愿意挑明，我猜的，就是姑夫自己也害怕，他被过去的那些经历吓怕了，而且现在是三个证。姑夫曾在电话里跟我说，他再也不想到马路边去找生意了，也不想再去接头交货了，怕了。但是那次他不得不去，因为那三个证是客户直接和他谈好的。

他们在交货时被警察盯上了，他们发现时

赶快四散逃跑。因为麻杆从自己口袋里掏出了假证，两个警察就全力追他。我姑夫和客户逃掉了，不幸的麻杆被抓了，他风一吹就倒的虚弱身子根本跑不快，跑了不到两百米就被摁到了地上。

麻杆被抓进去了，当然要活动活动，把他弄出来。因为是姑夫的手下，又是和姑夫一起交货时出的事，姑夫当然有推卸不了的责任。麻杆家里的人知道了，先是打电话，求姑夫救救他们的儿子，过了两天他们就从河南老家来北京了。老两口和麻杆的姐姐把姑夫当成了救星，一定要姑夫想想办法，千万别让麻杆蹲监，他还小，媳妇都还没找到。

姑夫怕人求，一求就急，他安慰他们说："你们别难过，我比你们还急，都是生活在一块儿的兄弟，出了事我心里也不好受。大老远你们跑过来干吗？有两分力我不会只用一分的。你们先回家，我会尽力把这事处理好的。"

麻杆的家人在北京住了下来，吃、住、打车去拘留所看儿子，所有的费用都是姑夫承担的。好在他们只待了三天，否则姑夫更叫苦了。那些天他什么生意都没做，一门心思找人通融，想把麻杆赎出来。通过路玉离，再找人，拐了几道弯，总算和派出所那边有了联系。中间人在姑夫和公安局之间两头跑，他对姑夫一直含混其辞，总也不说出最后的价码。路玉离说，恐怕不会少，先给五千吧。姑夫给了中间人五千。过了两天没看到有什么动静。姑夫心里不实在了，关键是麻杆家里人整天打电话催。他又问路玉离，路玉离说，那就再给五千。

又是五千。姑夫一听都哆嗦了。张嘴就是五千，吃人呢。姑夫还是给了那个中间人，又请他吃了一顿饭。中间人只说，等消息吧，吃完饭拍拍屁股就走人了。姑夫等不了，因为麻杆家人在屁股后头催着他，他们现在越来越认为是姑夫害了他们的儿子，所以也就越来越理直气壮地唯姑夫是问了。搞得姑夫很恼火。

路玉离说："让你充好人，当初让你睁一只眼闭一只眼，你不干，非要讲什么哥们义气。现在好了，讲不下去也得硬撑着讲，想不讲都不行。就赖上你了。”

姑夫垂头丧气地说：“不是觉得都兄弟嘛，而且是和我在一起被抓的。”

“嘁，这么有情有义的还来挣这条道上的钱？”路玉离不以为然，“又不是你把他送到警察手里的。”

姑夫想想也是，颇有点为他的天真后悔，现在只能是赶鸭子上架了。几天后他又拿出了五千块钱给中间人，希望他能尽快把这事了了。第二天中午，中间人打电话给他，终于明确了价码。他说，他也只是传达那边的意思，三万，因为麻杆身上有三个假证。姑夫彻底不行了，他知道自己摆不平了。三万。也就是说，还要再拿出一万五。他扛不住。

为了摆脱麻杆的家人，他把手机关了，躲到我那里，待了大约一周。除了偶尔用我的电话和外界联系一下，就是喝酒和睡觉。他说他实在没办法了。

“再多一分钱我都拿不出来了，”姑夫说，“说实话吧，我挣的都送给他们了，还借了路玉离两千。”

我觉得很奇怪，“最近生意不是很不错吗？”

“我那不是想充充胖子嘛。你真以为这事能挣多少钱？现在办假证的太他妈的多了，竞争厉害，价钱上不去。还要请人来制作，爷爷送一份，姥姥送一份，剩下的就没几个子儿了。我一直以为，有两个人了，不要整天往大街上跑了，能够安稳地挣点大钱。现在才发现，我他妈的干什么都比人家迟了一步。”

姑夫难过起来，喝了两瓶闷酒，突然说：“什么都是他妈的假的，只有老婆儿子才是真的。”他醉醺醺地去抓电话，“我得跟小峰说说话。想家了。”

姑夫对着电话咕噜咕噜说了一通酒话，我怀疑他自己都听不明白。挂了电话，他说：“有个好儿子真好。妈的，赚钱。嗯，赚钱。”

姑夫的一万五千块钱基本上是白花了，没能把麻杆弄出来。他和中间人实话实说，他没劲了，希望这一万五千块钱能够发挥一点照顾麻杆的作用，不至于让他在里面受太多的罪，也算对得起兄弟了。麻杆父母那里，他只好说，这事有点严重，没法办，麻杆不会受苦的，他给了局里一万五，会让他在里面过上好日子的。姑夫一再向他们强调一万五，每强调一次心里都哆嗦一下。这个数字大概对麻杆家人也很有冲击力，他们在这个庞大的数字下逐渐沉默了。

但是姑夫最终并没有彻底从麻杆的事件中抽身出来，他觉得这事还是和他有关，是他把麻杆送进去的。为此，很长一段时间他精神都不好。也许他在想起麻杆的时候，顺便想起了他在里面的三年。

麻杆的事情并没有到此结束，而是留下了不小的后遗症。其余的四个人觉得姑夫不地道，他们和麻杆的家人一样，认为麻杆是因为姑夫被抓的，姑夫有责任和义务把他弄出来，但是姑夫最终放弃了努力。我想他们大概也有兔死狐悲之感，觉得跟着姑夫并没有他们想象的那样安全。他们开始不那么专心了，找到了生意不像过去那样，全交给姑夫，而是隔三差五地另找买家。这很容易，北京办假证的太多了。

这让姑夫很被动。道上的人都知道，出了事毫无疑问是要伤元气的，一是资金周转问题，还有一个就是挫伤了锐气，胆子也跟着小了。其他四个人和姑夫捣鬼，事就不好做了，做不起来了。活儿少了，姑夫也不能整天待在家里等饭吃，他不得不重新出门，站到了路边和天桥上。我给他打电话的时候，他正在蓝旗营前面的天桥上。

“过来吃饭？”我说，“今天休息，想去吃顿水煮鱼。”

姑夫说：“好，刚谈崩了一桩生意，正他妈的有火，吃点辣的痛快一下。”

大半个月不见，姑夫明显衰老了。一脸的疲倦，皱纹好像是一下子从皮肤下面全爬出来了。坐我对面，抽烟的姿势都萎靡了。

“姑夫，”我说，“你状态有点问题啊，一点精神都没有。”

“没精神吗？”姑夫摸了摸他的短头发，

“我昨天刚理的头发，又染了一下。”

姑夫很在乎自己年轻不年轻的，我就不好打击他了。“不错，头发挺精神的。”

“你是说我人老了？”

“老什么？还不到五十哪。”

那顿饭姑夫吃得很少，老是走神，这和他一贯的作风不合拍。水煮鱼很对他的口味。

“是不是现在重新出来了,有心理障碍？”

“什么心理障碍？我不懂这些洋词。有点怕，不过没办法，要挣钱，”姑夫顿了顿，续上一根烟，过了半天才说，“你姑妈打电话过来，说我们家前面的楼房也盖起来了。正好堵在我们家那溜房子的门前，现在的路很窄，送煤球的货车都进不去，小峰只好借来修鞋师傅的三轮车，一趟一趟地运回家。”

我能想象得出来那是什么样子，又一栋六层楼房拦头把姑妈家夹在中间，贴了瓷砖的墙壁成了他们家巨大的照壁。后面的楼房看见了姑妈一家的日常生活，前面的楼房落下阴影，一年四季都将见不到晴天。姑妈最不喜欢的就是，在别人眼里生活，又被别人挡住了阳光。

“有什么打算？”

“再找几个人，不能就这么耗着，小峰又要高考了。拖下去就废了。活儿也越来越难做了。”

“跟路玉离要？”

“不问她要我到哪儿去找？她不愿再给了，她老公不愿意。那老东西把生意看得比人要值钱。”

7

姑夫的状态一直没能好起来，尽管他努力把自己装点得年轻新鲜一些，垂头丧气的表情还是改变不了。声音也有问题，电话里都是蔫蔫的，底气不足。这种状况让我担心，姑夫一直都是浪浪荡荡的，陡然严肃和愁苦，我还真有点不适应,老觉得有事。所以联系就频繁多了。他也经常到我那边去，爷儿俩喝喝酒，说说话。在北京这么大的地方，有个人聊聊其实是挺温暖的一件事。我觉得这也是姑夫没事就来我那里的原因之一。

原因之二，是这段时间风闻又要开始严打了。

这是我从报社里得到的消息。前几天有个同事去了公安局，采访几个新被抓进去的办假证的，回来后说，那些办假证的也不容易，进去了先要挨上一顿。他又说，听局里的内部消息，最近又要开始严打，狠抓一批，因为现在社会上出示假文凭的太多了。据说，人口普查之后发现，名册上大专以上学历的人数比实际培养的人数多了五十万。听到这消息，我赶紧给姑夫打电话。姑夫说，他早就知道了，正准备收一收。他们道上一些神通广大的人，早就得到了消息。

姑夫开始唉声叹气，从一进门开始，直到离开，都一副苦大仇深的样子，像受了多少罪似的。他变得空前地沉默了，不愿意说话。我想可能是生意上有问题导致的，所以尽量避免和他聊这个话题。又不能大眼瞪小眼干坐着，我就瞎扯，找他感兴趣的话题，谈女人。没什么经验也谈。

“跟你谈什么女人？谈不来。”姑夫说，一点都激动不起来。

“我怎么不能谈？”我说，“过去不是谈了不少么？没吃过猪肉总见过猪跑吧。”

“不谈。”

“随便说，再上一堂理论课。”

“理论有个屁用，真刀真枪动起来，理论早不知跑哪儿去了。不想谈，想起女人就烦。”

“路玉离惹你了？”

“除了她还有谁？”姑夫喝过酒歪到我床上，“在北京这鸟地方，我这么没出息的，还能再找其他女人？”

姑夫自卑都出来了。这女人一定把他伤害得不轻，快半个世纪了，还没有哪个女人能把姑夫打击出自卑来。这个路玉离，竟然让他连谈女人的兴致都没有了。

一次姑夫喝多了，在我那儿睡了一觉，起来时没注意把身份证丢我床上了。我估计他差不多该到家的时候给他打电话，接电话的是个女声。我愣了一下才反应过来。

“你是路玉离？”我说，“姑夫在吗？”

“不在。”

“他身份证丢我这儿了，你告诉他一声。”

“没别的事我挂了。”

“有，”我脱口而出，“我想问问你，姑夫最近情绪很不对头，是不是因为你？现在他有点困难，你就不能帮帮他，分给他几个？”

路玉离对我的话很不感冒，显然不高兴了。“谁说我没给他？我不是已经又给了他三个？他自己也知道他不是吃这碗饭的料。”

“那他怎么回事？你们吵架了？”

“我懒得和他吵。自己不行，还整天骂骂咧咧地说我有问题。”

她的口气我一下子听出来了，姑夫作为男人的合法性在路玉离那里受到了质疑。他不行了。这倒是个新鲜事，姑夫竟然也不行了。说实话，我当时真觉得有点意思。我继续问下去，丝毫没有什么顾忌。大概是在内心里，我对路玉离多少还是瞧不上眼的。

“那你不能帮帮他么？”

“我怎么没帮他？”这个老女人和我一样无所顾忌，她的确也到了无所顾忌的年龄，“我到处给他买药，他一会儿吃，一会儿又不吃，疑神疑鬼的。让他去看医生他又不去，要我怎么办？”

“怎么会这样？姑夫身体一向挺好的。”

“我怎么知道。可能是想钱想出问题来了。”

原来是这么回事。姑夫临到真格的就羞于开口了。我不知道该不该跟他说。上班时，我和一个四十多岁的同事聊起来这事，他建议我还是找医生看看，十有八九是心理原因。我说我不好开口，开了口他也未必就答应去。同事就让我先去咨询一下有关医生，有了初步诊断他也许就同意了。

我通过朋友，找到了一位这方面的专家。我把姑夫这几年的情况尽可能详细地告诉了那位专家，把路玉离的话也转述了一遍。专家听了，说这很简单，心理性的疾病，主要是心理压力太大。比如家庭方面给的经济压力，生意上的挣钱的压力，也可能有相互攀比之后的心理失衡的原因，比如潜意识里和路玉离或者其他人相比较，当然性生活上的偶尔不协调带来的心理暗示，这最关键，各个因素之间相互纠缠，从而导致目前的状况。

“该怎么治疗？”

“心理问题还须从心理入手，”专家说，“安慰、理解和宽心，解除他的心理障碍。还有成就感，这大概是振奋他精神的最好药物。”专家又说，“这只是初期，心理治疗还比较容易，越拖延就越麻烦。”

从专家门诊出来之后，我就在考虑要不要直接对姑夫讲清楚。同事建议先不要挑明，挑明了反而等于给他增添新的心理暗示，最好是请路玉离来慢慢解决他的心理问题。同事的建议有道理，问题是这话我怎么和路玉离说。

“怕什么，”同事说，“都睡了这么长时间了，这几句话还扛不住？”

我想也是，关键是要为姑夫负责。我从姑

夫那里找来路玉离的号码，简单地说了一下，觉得电话里说不清楚，就约她到硅谷旁边的肯德基谈。路玉离的坦诚出乎我意料，她完全接受医生和我同事的那些建议。

路玉离说："不管你姑夫出于什么目的和我在一起，我害了他也罢，喜欢他也罢，都不说了。在一起前前后后也好几年了，说真的，即使是我老公，我也没有和他这样亲密过。我是一个女人，都半辈子了，知道该留点东西了，能不能留住是另外一回事。我不是只认钱，我还认他。我也不希望他变成现在这个样子。"

"专家说了，这时候女人比药物更有效。"

路玉离有些不好意思。"我会尽力的。其实他不适合干这个，可他不相信，"她点上我递给她的烟，"医生说得对，就是一个心理问题，他现在迫不及待地想把一辈子浪费的东西都挣回来。但是他现在一无所有。"

"他需要成就感。"

"谁都需要成就感，可最后到底有多少人能得到这个成就感？我是弄不明白了。"

“我也不明白。”

应该说，那天我们谈得很好。本来想请她吃饭，但是觉得不合适，我请姑妈的情敌吃饭算什么事。路玉离显然也理解，她随口扯了个幌子就走了。正如她所说的，这更应该是她的事。

路玉离如何对姑夫进行心理疗法，我不得而知。一周后我打电话给她，她也不避讳，直接说，效果不是很明显，不过还是有点眉目，但最后怎样，她不好说。她说她昨天刚去见了一个医生，那医生建议心理治疗和药物治疗同时进行，也许那样好点吧。

“最近我姑夫情绪怎么样？”

“还好，因为要严打，生意都放下了，我们一直在一起。因为不太出门，心情没什么大的动荡，当然也不会有太让人高兴的事。”

“慢慢来吧，”我说，“安全是第一位的，避过这段时间最要紧。”

我们通过电话刚两天，媒体上就开始正式宣传和报道严打了。街头上，路边上，尤其是大学门口立刻少了不少闲人，那些办假证的闻风逃匿。有几个胆大的顶风作案，一不留心就被揪住了。报社里也常有这类小道消息。我打电话告诉姑夫，千万不要乱跑，这次严打不是一般的形式文章，动真格的了。媒体上的宣传口号是：时间长，力度大，挖掘深。

姑夫说："没事，都待在家里。我又不想死，出去干吗？"

这是六月中旬的事了。六月底，让人高兴的事情终于来了，小峰的高考成绩下来了，在我们那个县城同类考生中排名第一。按照全省的分数排名，他在前二十五名。他报考的学校是清华，这一年清华在我们那个省的招生名额是三十。也就是说，从知道分数的那一刻起，他基本上就是清华的学生了。

小峰把这个好消息告诉我时，我和他一样激动，我听到姑妈高兴得哭了。她就站在电话旁边，听小峰给每一个亲戚和朋友说同样的一番话。姑妈真的很高兴，她觉得她终于熬出头了。

挂了电话我就给姑夫打，接电话的是路玉离。

“姑夫呢？小峰考上清华了。”

路玉离也很兴奋，说：“他知道了，刚哭得稀里哗啦，正高兴着呢。”

我对路玉离说：“这回姑夫该有成就感了吧。”

路玉离还没回答，电话接着被姑夫抢过去了，姑夫说：“高兴。高兴。今儿个真呀真高兴。”

听到姑夫的这种声音我也很高兴，感觉过去的那个放浪不羁的姑夫又回来了。

8

那几天我一直都在跑，围绕严打的主题到处采访。从昌平采访回来，总编又交给我一个任务，到派出所去采访几个刚抓到的犯人。我问是什么犯人，总编说他也不清楚，局里只是说来了几个典型，让我们报社去报道一下。我就背着相机和采访机去了。

接待我的一个什么长说，都是新来的，而且不是一般的小混混，很值得报道一下。他把我带到了他的办公室里，给我倒了一杯水，开始向我讲述本次采访的大体内容。主要是报道一下他们所在最近打假行动中取得的丰硕成果。

“主要是办假证的，”那领导说，“而且不是一般的小混混。算是捣毁了几个造假的窝点。”

我一听“办假证的”，不自觉地抖了一下，不可避免地想到了姑夫，然后觉得这个想法很可笑，姑夫和路玉离他们早就得到消息，最近所有的生意都放了，整天待在家里能出什么事，说不定姑夫现在正接受路玉离的治疗呢。领导继续在讲，基本上是照着手里的一份材料在念。大概的意思是，他们所积极、彻底地贯彻上级的精神，加大严打力度，深入挖掘隐藏在本辖区的各个隐秘的造假窝点，果断、迅捷地铲除了一切所能知道的社会毒瘤，成功地捕获了相关的嫌疑人 18 名。云云。

他在念材料的时候我打开了采访机，又给他拍了两张照片。都弄好了，我开始采访。也是老套路，问几个适宜让他渲染发挥的问题，最后给他一个升华的机会。就这样。大概一个小时就解决了。我提出告辞，领导极力挽留，希望我能再和犯人们交流一下，说不定会激发出更多更好的灵感。这样我就不好再推辞了，那就看两个吧。就跟着他去了一间类似审讯室的地方。

时间不长，一个四十多岁的男人被两个警察带进来了。那男的戴着手铐，胡子几天没刮了，头发蓬乱。他低着头坐在两个警察之间，我和领导的面前。我没怎么开口，主要是领导在问，问得已经很熟练了，我知道这是在模拟前一次的审讯。那人说的我几乎都知道，谁让我姑夫是个办假证的呢。领导问完了，要我也问，我没什么好问的，只好把他问过的问题又愚蠢地重复了一遍。领导大约看出我的兴趣不大，就让他们把犯人带下去。

“带个女犯人上来，”他对手下人说，然

后对我说，“给你提供一个新的视角。”

带上来的女犯人吓了我一跳，竟然是路玉离。看到我她也吃了一惊，随后低下头去。我想坏了，她来了姑夫一定也跑不掉。我一直想问，但是在领导面前又不好开口。只好听领导再审讯一次路玉离。路玉离讲述被抓的经过时，她已经向我透露了一个信息，即，同时被抓的还有我姑夫。她说，当时他们已经提前得到了朋友的消息，说可能会遭到搜查，他们也已经收拾好了，但是因为一点私事耽误了一点时间，就被抓住了。

“什么私事？”领导问。

“就是两个人之间的一点小私事，和案子无关。”路玉离在审讯室里一点都不显怯懦。

“你有问题要问吗？”领导问我。

我看看路玉离，犹豫了一下，说：“没有。”

他们准备带她离开时，我突然说：“我能问你一个问题吗？在此时此刻，你最想对家人说些什么？”

我知道这个问题很无聊，而且矫情，但我

还是问了。我只是想用这样一个问题，表明我和她之间实际上还是有很多关系的。在我们相互看对方的时候，就有一些温暖的东西前所未有地出现了。

路玉离站住了，转过身看着我，说："三个月前我给小峰存了两万块钱，八月底到期，给他读书用的。密码是他家的电话号码。"

说完就被带走了。她没有说任何道歉或者补偿的话。派出所领导被她的这句话搞懵了，不知道是什么意思。他看看我，我说我也不明白，可能就是对家里人交代一句话吧。

"还想再交流几个吗？"领导问。

"我想看看名单。"我说。他把名单给我，我指着姑夫的名字说，"我想见见这个人。"

一会儿姑夫就被带上来了，他没有我想象中那样恐惧，见到我甚至嘴角还笑了一下。他坐下，我还站着。我对领导说，我想和他单独谈谈，不知是否可以。

"那怎么行？他是犯人，我们要对你的安全负责。"

“没事，我们认识，”姑夫说，“我们几年前做过邻居，不错的邻居。”

领导看看我，我说是，不会有问题的。他对着手下挥挥手，他们就下去了，然后自己也出去了，出门时对我说：“我们在外面，有问题就叫一声。”

房间里就剩下我和姑夫。

姑夫说：“又被抓住了。”

“你们都提前得到了消息，为什么不跑？”

“不是那个嘛，”姑夫有点兴奋，“我又行了，真的，我又行了。然后他们就冲进来了。”

听到小峰高考的成绩，姑夫十分高兴，很多天都没有这么开心了。他一直在夸奖小峰有出息，他说，这辈子哪怕什么事都没干也无所谓，生了一个好儿子足够了。这大概就是所谓的成就感。这成就感不仅让他的精神振奋，连身体也激动起来了，有了感觉。

其实上午他们就得到了消息，可能会出事，最好在天黑之前离开。他们的东西都收拾好了，一些可能会当成罪证的重要东西都提前转移走了。他们下午四点就开始吃晚饭，准备晚饭一结束就离开，去通州的一个朋友家避一避。但是姑夫在成就感的刺激下蠢蠢欲动了，主要是他一直对自己抱有幻想，以为真正心理上强大了,就行了。他担心这种成就感一旦降温，再也找不回来，像终于抓到了救命稻草，迫不及待地想印证一下。加上两瓶啤酒的鼓励，吃过饭他就往路玉离身上蹭。当时路玉离在洗碗，不愿意理会他。姑夫就缠着她，什么话也不说，这么久都不行，他已经羞于开口了。但是路玉离明白，她只好对姑夫说，洗刷过后再说。

洗刷完了，路玉离提出赶快离开吧，不管消息可靠性有多大，宁可信其有，不可信其无。姑夫正处在一个希望的高峰上，尽管他也不知道自己真开始了到底行不行，但他不愿放弃这个大好时机。他继续磨蹭，路玉离提醒他，现在不是干这种事的时候，命比什么都要紧。

姑夫说：“男人都不是了，留条命有什么用。”

姑夫说得很委屈，也很伤感，就是这句话让路玉离动心了。她觉得眼前的这个男人其实挺可怜的，要命的是，她喜欢这个男人。她心疼他，理解他的苦恼和渴望，发自内心地想让他各方面都能好，她当然有责任不放过任何一个可能让他重新成为男人的机会。路玉离就妥协了。开始主要还是应付，渐渐地责任心就上升了，想要好好地成全他。开始还是被动，逐渐变得积极，最后完全是主动了。她兼备一个情人加一个医生的心态。

刚开始，姑夫折腾了半天还是不行，有点丧气和怀疑了，本身他底气就不足。但他还想做最后的努力，时间已经不多了，他决定再不行就停下，离开。又折腾了半天，还是不行。姑夫像具死尸一样从路玉离身上倒到一边，哭了，哭得又绝望又伤心，像个知道自己永远也吃不到糖的小孩。姑夫的哭声让路玉离生出了类似母爱一样的东西，她不再是迁就他，而是积极主动地诱导他，安慰他，鼓励他，说别害怕，想想小峰，他给你这个当爹的挣了多大的面子，这么好的儿子不是谁都能有的，只有你才有这个福气。她让我姑夫相信，他是没问题的。

时间在床上总是跑得更快，何况他们还要进行复杂的心理疗法。开始他们还有时间概念，后来就把时间给忘了。姑夫在某个时候好像提醒了路玉离一次，时间不早了。路玉离却说，不管它，你没问题，你看，你快要和过去一样了。

姑夫终于行了，他激动得大喊大叫，大声哭泣，抱着路玉离迟迟不愿意下来。路玉离也动了情，觉得此刻抱着怀里的男人，是世界上最幸福的事。他们俩都不知道灯是什么时候打开的。姑夫睁开眼，电灯光刺得眼难受，他才意识到天黑了。两人赶紧起来，衣服刚穿好，几个穿便衣的警察就到了，他们破门而入。

后记

小说到这里好像还没写完，但是故事已经

结束了。现在我姑夫在里面。从被抓到的时候起，他就知道又得进去了，而且会无比漫长。他有前科。那天在审讯室里，他看上去还好，有点激动，可能是因为沉浸在来之不易的男人的感觉里，当然，也可能有其他原因。被警察带走的时候，他对我说："告诉小峰，我不能送他去清华报到了。"停了一下又说，"那真是个好地方。"

天上人间

1

子午是我表弟，下了火车在出站口等我，脚边一个拉杆皮箱。半个小时之后，我还没到，他把箱子拖到电子屏幕下看整点新闻。新闻结束了是漫长的广告，之后有两个不相干的人在做访谈，说北京的房价像失控的热气球，想停都停不下来。我表弟就笑了，狗日的让你们住去，住死你。然后又是新闻。世界上有很多他不知道的事，很好，都跟他无关。只有我跟他有关。除了电视上看见过的国家领导和明星，在北京我是他唯一认识的人。说好了我四点十分在出站口接他。整点新闻播了三次，子午站累了，摸烟的时候发现盒子里空了，然后感到身上冷，像披了一层凉水。火车站的大钟沉郁地响起来，七点，天黑下来，新闻联播开始了。子午向四周仔细看，灯火、车辆和人，我的影子都没有。他有点慌，摸出一张纸条去找公用电话，第二次打我手机。还是关机。他彻底慌了，对经过身边的一个环卫工人说：

“你认识我表哥吗？他叫周子平。”

那老师傅茫然地摇摇头，听不懂我表弟的话，他一急把家乡话说出来了。子午只好努力卷起舌头，用普通话重说一次。老师傅还是摇头。子午把经过身边的陌生的脸都认真看了一遍，拖着箱子一路小跑又回到出站口。新一拨下车的旅客浩浩荡荡地涌出来，还是没有我。子午都要哭了。

这是两年前的事。我表弟第一次来北京，

投奔我。那天晚上他在出站口和电子屏幕之间来回走，一直走到屏幕上什么节目都没有，车站广场上除了数得过来的几个人，只有十几只塑料方便袋在风里走。他从箱子里拿出一件厚夹克穿上，坐在箱子上睡着了。我还没到。子午醒来时天快亮了，屏幕上重新开始播报新闻，女主持人用像玻璃一样客观的声音说，世界的某地正在打仗，几十万人无家可归。子午身上落满露水，头发垂到额头，他觉得自己是那几十万人中的一个，还没见到亲人就已经与亲人失散了。我是他表哥，他是我姑妈的儿子。

子午没等到我。那天我进去了。被警察撞上时，口袋里有一个半成品的硕士毕业证，落款是北京师范大学。我还没来得及找人做好毕业证的封皮。一个脑袋半秃的中年男人预定的，他想用北师大的牌子做梯子，爬到副处长的位子上。要价一千。他想压到八百我没同意。一千块钱换一个副处，一本万利都不止，副处可以贪多少公款啊。他就答应了。我很高兴，这个证赚上八百都不止。我靠给别人办假证为生。那天我的问题出在贪上。从事这行当以来，我时时告诫自己的，就是不能贪，适可而止。那天中午我其实是要找人做封皮的，偏偏就头脑一热，又在人民大学和当代商城之间的天桥上站住了，想再揽一笔生意，多赚点晚上给子午接风。我们哥俩有几年没一块儿喝酒了。

就给撞上了。一根烟都没抽完。桥上风大，我侧过身想躲躲，两个大盖帽就从南边的引桥上来了。都没法躲，也不能反抗，天桥好几米高，不敢跳。有些警察你得佩服，他们就有判断你不是良民的直觉，摁住了就从我裤兜里搜出半成品的假证。我喊冤抱屈都不管用，先带到局子里再说。他们动手了。我把牙咬得咯嘣咯嘣响，梗着脖子坚决不承认是办假证的，我只是想找人办个假证，那半成品是个样品，我想跟人家说，就做成这样的。不能实话实说，性质不同。他们好像不信，但我死不松口，而且一个半成品说到底也不算个大事，就把我扔到里面去了。那时候子午正在电子屏幕底下看世界各地的地震、海啸、战争、军事政变和一夜挣到数不清的钱。

到了里面就音讯不通。我想这下子午苦了，他一个人孤苦伶仃的都不知道往哪儿去。我每天都惦记着他。十五天后我出来，满脸胡子往火车站跑。从中午等到晚上九点，没看见一个长得像子午的人。我表弟一表人才，脸皮白净，宽肩窄臀，能长成他那样的不多。为了不埋没这个好皮相，他在县城玻璃厂上班的时候还做过两天明星梦，要去当演员，县剧团没要他，声音不行，一张嘴就像吐出一张张砂纸。这才死心。我在出口处抽了两包烟，然后疲惫地回到住处。

第二天买了个二手手机，之前那个被警察弄丢了。生意得重新开始。我一路往火车站走，一边走一边把新号码往犄角旮旯里写，希望能被更多想办假证的顾客看到。我在火车站又待了大半天，人来人往的眼睛都看疼了，还是没等到子午。就给姑妈打电话，姑妈说，不是在北京么，就打过一次电话回来，问你的手机号。也就是说子午还没回去。我继续等。

火车站是我唯一可能等到他的地方。北京像个海，要漫无目的地找子午等于是在捞针。接下来的一周，我一直在火车站附近晃悠。直到周六下午，四点左右，一个头发乱糟糟的小伙子弓腰驼背地出现在出站口，空洞地向四处看，那样子好像已经在这里等了很多年。衣服斜吊在身上，扣子掉了一半，红底子的小背包被泥土染成灰黑色。我试探地喊一声子午，他突然抬起头，像狗一样警觉灵敏地找，看到我时，空荡荡的眼神里立马有了内容。子午踉踉跄跄地跑过来，抓住我的胳膊，眼泪哗哗地下来了，嘴唇一直抖，半天才出声：

“哥！”

他一边哭一边说，总算找到哥了。弄得我心里挺难受。比我印象里的表弟瘦多了，双眼皮都成了三眼皮。他说他知道我一定会来找他，所以一有空就会在下午四点左右过来，那是他出站的点儿。他来了很多次，有时候经过广场时，也会瞅两眼。

“你住哪儿？”我问他。

“随便哪里，哪儿能卧下一个人就住哪儿。”

“箱子呢？”

“在旅馆。”子午说，“没钱付房租，被老板赶出来了。箱子扣在那里。”正好我们经过一家小饭店，子午咽着口水说，“哥，我想吃顿红烧肉。”

好，咱们吃。子午肚子里真被刮干了，满满一大碗红烧肉一个人全吃了，两嘴角油水源源不断地挂下来，看得我直犯恶心。吃完了我们去子午住过的旅馆。一对老夫妻开的，楼上和地下室都有房间。子午住的是地下室，最便宜的。房间里摆了四张高低床，子午睡在东北角的上床。老板娘看见子午就叫起来：“钱！钱！老头子，那小子来了！”

“什么？”老板在另一个房间里喊，“他还敢来！”

子午要往我身后躲，我按住他的肩膀。哥有钱。老板干瘦着一张脸，抓着一个油腻腻的账本送到我面前。五百。对子午已经是个大数目了。钱到了事就平了。我们拎着箱子离开。

子午说他恨死这些家伙了。我问谁？他说都恨。老板，老板娘，大楼，马路，商店，汽车，连走路的人和路边稀稀落落的树都恨。

我懂，无路可走时你会觉得全世界都是敌人。这样的日子我过得比他多。经过一个地下通道，他指着卧在角落里的一个疯子对我说，前几天那里是他的位置。我抓住了他的肩膀，他是我弟弟。我的表弟子午。子午说，要不是偶尔能找到个卖报纸的差事，早该要饭了。一路上他都跌跌撞撞地跟在我身后。到了西苑我租的住处，他一屁股坐到我床上，长吁一声："妈的，吓死我了！"他说北京太大了，这些天他走到哪儿都想着回火车站的路，怕把自己弄丢了。

2

在早市买了一张折叠床，子午住下了。他头一次来北京，我带他简单逛了一圈。偶尔有生意找上门来，我就告诉他要如此如此。

办假证其实挺容易，眼神好使一般就问题

不大。通常的程序是，我把小广告打出去，等着兔子主动撞上来，或者是到大街上揽生意，见着可疑的人就问，先生，办证吗？毕业证、驾驶证、通行证、护照，什么证件都有。对上眼了就找个僻静的地方谈价钱。对方要预付定金，然后我就按照要求去打印室和小工厂制作，最后交货。实在复杂得我一个人摆不平，再去找别人帮忙。那都是做大生意的人，你能想到的东西他们都能弄出假的来。这样的生意我一般不接。不想搞得太大，夜长梦多人多嘴杂，保不齐哪个环节纰漏了，那比害眼要厉害。所以我尽量一个人就把能做的做好，从接活儿到制作，坚持做小生意。我认为这是办假证这一行必备的美德。日进分文发不了大财我还发不了小财么。

那几天我不停地向子午讲解北京。北京很复杂，太大，交通又不好，我就带他看了看海淀，像北大、清华、人大、北外、民族大学、首都师大、硅谷、双安商场等，这些都是要经常活动的地方。也不断地给他树立同一个原则：

戒贪。一贪准坏事，那得把自己搭进去。我就是活生生的例子。子午一个劲儿地点头。一圈走下来，子午说好多了，不那么怕了。这就好，贪会坏事；怕，你又干不成事。我表弟头脑好使。

我表弟头脑一向好使，也就因为太好使反而一事无成。我也一事无成，那是理所当然的，我清楚我很平庸，子午不一样。小时候他念书，姑妈在学期考试之前半个月跟他说，考好了给你买啥啥啥，他一准进入前三名，就靠十来天的突击。这个诱惑姑妈要是忘了，他可能就把倒数前三名给你考回来。任课老师都说，陈子午是个怪才，成绩跟老头的大裆裤腰似的，要大能大，要小能小，弹性十足。后来我姑妈的利诱慢慢刺激不了他了，他就随心所欲地学，懒懒散散，抽烟喝酒都学会了，但不是那种打架斗殴的坏小子，最后竟也赖赖巴巴考上了电大。他在那里玩了两年，随便挣了张毕业证就进了县里的玻璃厂。当时效益还不错，在我们县里算大型企业，但是说完就完，厂长带着一堆钱跑了。剩下的人死撑着，干到哪天说哪天。他从制作车间被调到清洗部门，就是在清水里涮瓶子。一大池子水，一大堆玻璃瓶子，咣当咣当地洗。一帮老娘们干的活。那些老女人整天开他玩笑，都往腰以下走，弄得他很恼火，三番五次要求调回去。领导说不行，坑都满了，你就委屈一下蹲在水池子边上吧。子午一着急，敲碎了瓶底拿瓶子锋利的上半身要胁领导。这哪儿行，往公安局一告这就是犯法。子午待不下去了，干脆辞了职，想起来要跟我混。

我们那地方来北京混的人很多，都说首都的钱好挣，弯弯腰就能捡到。通称为“跑北京”。办假证的，做小生意的，还有干其他莫名其妙事情的，这些具体的人，被称为“跑北京的”。我就是个“跑北京的”，现在子午也是。

我们住的地方不太好。没办法，北京的房子比人值钱。一个破落的四合院，我租其中一间，除了几件简单家具什么也没有。因为屋小，为给子午摆下一张床，还把一张破写字台给搬了出去。其他几间屋里住着另一个办假证的、一个三天两头出差的推销员和一个修自行车的。修自行车的老铁长一张厚脸，络腮胡子长到下巴处整齐地停下了,像电视里常说的行为艺术。子午第一次见到他，跟我说，这哥们真会长。他修车的家伙装在两个铁条焊成的大筐子里，筐子分别挂在自行车后座的两边。我感兴趣的是，老铁每天推出去和骑进来的往往不是同一辆车，像玩魔术一样。事实上，除了和另一个办假证的文哥经常走动，我跟其他邻居几乎都不来往。他们之间也不来往，见面点下头。我和文哥是闲人，办假证的都闲，每天有大把的时间不知道怎么用。文哥是湖北人，高兴不高兴都爱来两段豫剧。湖北人唱豫剧，那感觉有点诡异。没事干的时候我就让他唱，其实我不爱听。但我总得找点事干。听戏的时候看着乱糟糟的门外，几只野猫挺直尾巴像仪仗队一样庄严地从院子里穿过。我一遍一遍地猜哪一只是公的，哪一只是母的。文哥常感慨，这大城市把人闹的，一个院子里都半个月不搭话。他小时候那多好，端碗饭能吃半个村，回来碗里还是满的。

我把子午带到他屋里，“我表弟，老哥多照应点啊。”

“你表弟就是我表弟，没二话。走，给表弟接风。”

我们就去了胡同口的小酒馆。文哥是老江湖，四十九岁，一喝酒舌头就大。文哥说：“小老弟，子午啊，听老哥的话，干这行，胆要大。大胆，大胆，再大胆，钱就来了。”手跟着挥起来，像列宁在十月。子午点点头，又看看我。我说，先听文哥的。

回到屋里我赶紧给他洗脑，钱老二，人老大，安全最重要。胆子太大要死人的。子午也点头。看样子是都明白了。

3

收拾停当了我开始带着子午办假证。晚上通常出去写广告。那时候假证这行里还没兴起随手贴的带背胶的印刷名片，主要是手工，拿只粗签字笔或者喷漆在合适的地方写。广告牌上，公交站牌上，天桥台阶上，楼房的墙壁上，觉得合适了才写。广告语很简单，“办证”两个字加上联系电话。夜里人少，广阔天地大有可为，但我们适可而止。太张扬了会惹警察和城管不高兴。他们要是较起真来给你打电话，也是个麻烦事。不像现在，小广告你可以随便贴，警察习以为常了，都懒得打电话抓你。

子午不喜欢喷漆，那东西操作起来要眼疾手快。他喜欢用签字笔，慢悠悠地写，他的字写得比我好。写完了电话号码，陡发兴致他也会写一两句别的话，比如：北京有点大；车跑得太他妈快了；我想发财，你想不想。有一晚上想起电大时的女同学，前女朋友，随手写了一句：每次转身，你都不在。我看了后跟他说，喜欢就再追。他闷着头，在下面又写了一句：说好跟我过一辈子，现在你钻进了别人怀里。有点酸，我胳膊上的鸡皮疙瘩都起来了。我没吭声。这小子心还挺重。

我觉得子午干这行还是有天分的。等到一

个月后他独立干活的时候，有一天我们经过一个烤红薯摊，他停下来买了一个巨大的生红薯，我和烤红薯的师傅都纳闷，有这种爱好的人不多。子午说有大用。回到住处，他把红薯削成长方体，用小水果刀挖挖剔剔，竟然整出了一个大印章，蘸了下黑墨水，赫然在白纸上印出了我们的小广告。

这绝对是个发明，一下子提高了打广告的效率，像领导用印章代替签字一样，轻轻一按，搞定。据我的观察，在办假证这一行里，子午应该是第一个使用印章广告的。他找人刻了两枚砖头一样大的广告印章，一枚他的，一枚我的。再打广告就一手印章，一手蓄足墨汁的海绵盒子，一下一个。后来越来越多的同行跟在我们屁股后头举起印章。子午是有贡献的。但有了印章子午兜里依然装着签字笔，想起来还会顺手写上两句。这是爱好和习惯，像吃完饭叼上根牙签，不一定是牙口不好，叼的是一个酒足饭饱的感觉。

行外的人都认为办假证是多凶险的事，其

实到我来北京时，已经没那么严重了。据老革命说，最初办假证这一行源于刻章。私章和公章，合法的不在这范围内。因为合法的印章只能按市价来，人家坦坦荡荡地来，你没理由抬价。假的就不一样了。你心里有鬼，你想偷梁换柱鱼目混珠，你想用这个看起来一模一样但实际上是伪造的印章捞钱、干坏事，你就得付出代价。付出你心怀的鬼胎价和篆刻印章的风险价。私刻公章犯法，条文里有。一个公章几千。最初刻章的人捞海了。然后智慧的人民想，这章你要盖在一张纸上，那张纸一般也不会是真的，为什么不顺便把你想要的那张纸也做出来呢。比如伪造的公文，美化过的成绩单，还有通知单、缴费单、质检证明等等。那张纸就出来了。一张纸，两张纸，很多张纸，加个隆重的大红塑胶封皮就成了证件。假证问世了。

这个过程当然比我说的要漫长，好几年才发展起来。你当然也可以说，伪造的东西几千年前就有，圣旨还有假的呢，皇帝死了一帮太监专干这种事。你说得很对，可我不是说现在么，古人的事我管不了。反正办假证这一行是起来了。越来越盛行，那是因为人们越来越需要，谁不想不花钱就拿到缴费凭证？谁不想一天书都不用念就拿到博士文凭？

有假的就有打假的，新出现的假一定是被打得最厉害的。最初那拨造假的没少被折腾，戴大盖帽的整天盯着，所以一概鬼鬼祟祟，一看就是非法的。而且一个个都得眼观六路耳听八方，一看情况不对立马撒腿狂奔。你还得时刻提防警察查房。外来人口，要看你的暂住证、身份证，弄不好遣送回老家。生活和工作的环境相当恶劣。很多人一不小心失了手，就进去了，三年五年的说不好。当然，风险带来暴利，前辈们发大了。就我知道的，第一批入行的人大部分都成了老大，自己不干活，手下一大帮小兄弟帮他干，打广告，揽生意，制作，接头交货，每个环节都有人干，完全是完善的企业化管理。一条龙。这样整法，钱赚得没边。野心勃勃的老大会用这些钱去做别的生意，搞搞房地产，或者去山西弄个小煤窑，都有可能；没什么追求的，就在家里数钱玩。

现在干这行的多了,大小二猴都来撞运气，像我。分烧饼的越来越多，抢到手的就越来越小。我就挣点小钱。当然风险也随之变小，司空见惯了。到处贴着小广告，电视和报纸称为“城市牛皮癣”，每一座天桥和街道拐弯处都有人问你“办证吗”，就跟路边抱孩子的女人突然冲上来问你“要毛片吗”一样。太多了，警察也就无所谓了。真要都抓起来，那得把全北京的拘留所都挤爆掉。

这么说不代表就没有风险，有，只是相对小了点。两年前，子午到北京一个月后，风险就相当大，一度吓得我们窝在屋里几天不敢出门。严打，整顿，创建精神文明，重大会议和活动期间，风声就会很紧。一阵一阵的。那段时间正好赶上整顿市容市貌热火朝天地发动起来，根本不敢四处打广告。我和子午在小屋里喝了一个星期的酒，决定还是出来，亲自到街头揽生意。文哥胆子大，该怎么出去还怎么出去，一天都没闲着。他说，老婆孩子在老家伸手要钱呢。闲着也是闲着，站街去。

同志们都把搭讪揽生意叫“站街”。这个词啥意思你一定知道。我们站街去。子午跟着我实习，其实我已经放手让他干，需要改进的地方才吭一声。他聪明，差不多了。我们站街去。在海淀周围转悠。路口，天桥附近，大学门口，见了可疑的人就凑上去：“哥们，要证吗？”把声音放低。我们站街去。对方往往比我们还恐惧，所以我们能一眼看出他的可疑。就像文哥说的，这年头，害怕的不是妓女，是嫖客。话糙理不糙。我们站街去。

正面接触顾客，子午的天赋更容易凸显出来。他普通话好，尽管只是个电大，基本功还是在的。一个月他的舌头就学会拐弯了，能跟老北京一样“儿、儿”和“丫、丫”了。子午形象也好，西装一穿，不打领带也像新郎。如果头上再来点摩丝手里多个公文包，冒充IT白领进中关村上班都没问题。适合公关。像他说的，有亲和力。能亲能和有力量，好。只要对方真想办证，一般不忍心拒绝他。他开的价可能高了点，但你会觉得一定值。在海淀，你很难找到外表上比他更可靠的办假证的。这是我表弟。

风声紧，还是做成了几桩买卖。挣的钱一部分给子午置办了必需的用品，衣服、手机等，剩下的几百块钱我让子午寄回家。让家里放心，子午辞职是正确的，他在北京没有任何问题。我姑妈一辈子待在老家那个小地方，一年都难得去一趟市里，更没来过北京，她不由地就把首都想象成是你死我活的地方。大城市嘛，竞争多激烈，人吃人了。寄钱回去就是告诉姑妈，就算人吃人，也是子午吃别人，不是别人吃子午。

4

几单顺当的生意做完，问题就来了。来得莫名其妙。我和子午错误地估计了形势，觉得风声紧要的时候我们都能屡战屡胜，接下来环境逐渐宽松，毫无疑问要财源滚滚的。哪知道有人盯住我们了。有一天下午我们在人大东门的天桥底下，子午刚开始和一个顾客搭上茬，一个反穿夹克衫的小伙子摇摇晃晃地凑过来，对那顾客说："兄弟，你办证？我这儿更便宜。"

到嘴边抢肉，过分了。严重违反了我们的职业道德。子午脱口就说："我比他还便宜。"

"咱们试试？"反穿夹克斜眼看天。

"没问题。"

但是客人转身就走，连连摆手说不要了。本来他就尴尬不自在，这犯法的事。子午气坏了，口气硬起来："找事是不是？"

"找什么事？我找生意。"反穿夹克把手插裤兜里，吹着口哨摇摇摆摆走了。

子午要追上去，被我拦住。忍着，坚决不能出事。那小子我从来没见过，搞不清来头。我拽着子午离开那里，步行到北大南门外。也是做生意的好地方。我有一天在南门外不挪窝接过三桩生意，都是大家伙，不是要北大的硕士毕业证就是博士毕业证。有个人开始要硕士毕业证，我说没问题，博士的也好办。他说那就博士吧，反正也办了一回。我说那是，都北大了,那还不要最好的。幸亏博士后不是个学位，要不他很可能就要了。我找了一块干净的马路牙子坐下来抽烟，子午装出看报纸的样子，经过身边的人他觉得合适就问一句。一个钟头过去，全都摇头，个别人还夸张得像避瘟神。四点半左右，子午终于和两个女孩聊上了。

开始她们遮遮掩掩，欲说还羞。很多客人都这样。没必要，我们又不是领导和检查官。过一会儿子午招呼我过去，她们要两个港澳通行证，而且要香港入境处盖过章的，他不知道该开多大的价。我就把她们带到路边靠北大南墙的僻静地方。“定金每个证一千，”我对她们说，“交货时每个再付一千。”

“两千一个？”胖一点的女孩说，“别漫天要价啊，我们都是土生土长的北京人，行情早摸清楚了。”

那口音，我打赌出不了胶东半岛。舌头硬邦邦的，说话时拼命往后拉，普通话说得还没我好。“就知道瞒不过你们北京人，”我说，“换了别人定金起码一千五。”

瘦一点的女孩说：“我朋友办一个会计资格证才四百。”

“你要吗？我三百就给你办。”我递给子午一根烟，“你要去的可是香港和澳门哪，快赶上出国护照了。”

“我们不是真要去。”

“我知道，想去凭这个也去不了，但我得做得跟你们已经去过了一样真实，是不是？”我用胳膊肘捣了捣子午。

“小姐，这已经是最低价了。前几天，”子午说，做着样子看我，“上周二吧，一个河北的什么局长刚从我们手里取了货，港澳通行证，还两千五呢。”

就这么定了，十天后交货。她们都准备掏钱了，反穿夹克鬼魂似的突然冒出来。“小姐，”他笑嘻嘻地对两个女孩说，“要什么证？我这里至少便宜一半。”

“你他妈怎么又来了！”子午火了，搡了他一下。

“我为什么不能来？”反穿夹克理理夹克，“你做你的生意，我做我的生意，又没到你口袋里抢。”

“你他妈的比抢还恶心！”

那两个女孩惊恐地说：“不办了不办了。”拉扯着小跑走了。

反穿夹克反而笑了，声音像鹅叫。“想动手？”他说，“仗着人多是不是？”

“你到底想怎么样？”我把子午拉到身后，站到反穿夹克跟前。

“我们老大说，想在海淀混，每个月交一千块钱。要不走人！”

“说梦话吧你？海淀是你们家的？”子午说，“我看你丫是欠抽！”闪出来就要动手，我赶紧把他抱住。然后看见斜对面的小区里走出来五六个男人，其中一个我见过，同行，也是在中关村这一带活动。我觉得不妙，拽着子午的胳膊就跑。我们一定是被人惦记上了。子午没看见他们，以为只有反穿夹克一个，他一个人就能把他扔得四脚朝天。我来不及跟他解释，死活拖着他跑到硅谷门口。那里人多，他们就是跟上来也不敢动手。

“哥，你什么时候变得这么胆小？”

“他们五六个人。”

“十个又怎么样？狗日的我揍扁他！到手的钱又没了。坏了我们两回生意。”

“钱可以慢慢赚，”我说，“他们是冲着咱俩来的。”

“凭什么？哥，这才到哪，我们不能窝囊成这样。”

“没什么窝囊的，”我又递给子午一根烟，“我也奇怪，他们为什么单单盯上我们。”子午气鼓鼓地往外吐烟圈。“没事，”我拍拍他的肩膀，“今天差不多了，找个地方喝酒去。说实话，就是他们不坏事，那两个证我们可能也做不了。”我没做过港澳通行证，见都没见过。要做，首先得找到母本，就是原装的真证。这东西不好找。

“那你为什么还要收定金？”

“试试。找不到再把钱退给人家。”

“要是不退呢？”子午突然来了兴致，“这样我们慢慢地可不就发财了？”

“别瞎想。”我说，“咱可不能做那缺德事，得讲信誉。有句话怎么说的，就是小偷也讲职业道德？对，盗亦有道。我们只拿别人答应给我们的钱。”

“哥，别把自己抬那么高。咱就是一办假证的。”

“那也得守办假证的规矩。”

子午撇撇嘴，好，守规矩守规矩。

晚饭后回到西苑，子午待在屋里看那台两百块钱从旧货市场买来的电视，我去了文哥的屋里。这个四合院不大，只要敞着门，从我的房间能看见文哥在他屋里的大部分活动。一个阴天下午，雨下得人万念俱灰，我一觉醒来觉得无聊得要死，一歪头看见文哥的屁股正对着门不停地哆嗦。哆嗦半天，他猛地转身，下身赤裸地亮在门前，一股东西落到雨地里。他站在门边闭着眼享受了半天才提上裤子。有意思，这老东西，生活很有情调啊。上厕所的时候我特地经过他门前，没头没脑地问他，文哥，大阴天的，想不想女人啊？他警觉地向门外看了看，雨不大，该在的东西都在。他就笑了，个王八蛋，笑话老哥？没办法啊，不是虎就是狼，自己动手丰衣足食嘛。你小子不想？我笑笑，没说话。从那以后我和文哥的关系就近了一层，不少风声就是他告诉我的。今晚去他那里，就是想问问，江湖上是不是出事了。

我跟他说反穿夹克。

文哥犹豫半根烟的工夫，说："兄弟，你的脾气我知道。你还是换个地方吧，丰台，宣武，石景山，哪儿都行。"

"啥意思？"我问。对我来说，海淀就是北京，换个地方没准我路都找不到。这两年搬过几次家，但始终在海淀打转，离不开。也不愿往其他区跑。"老哥你给我两句明白话。"

"你要不问，我还真开不了这个口。"文哥说。眉毛直往上挑，一挑额头上就添了三五条皱纹。有一回说到他眉毛，已经呈八字形了，他说原来不是，起码是平着长的，人一老皮肤就泄，眉毛就掉下来了。他的眉毛一挑我就知道有难堪事了。“现在生意不是有点淡嘛，一紧就这样。有俩哥们就从丰台拉过来几个人，跟个帮派似的，收保护费。这事几百年前就有，你该知道。”

“咱们可都是干一行的，犯不着自己搞自己吧。”

“那是你的想法。哪一行其实都一样。生意不好做，总得挣钱。保护费是一笔。不交？那更好，都走了海淀就剩这一帮子，没人抢生意了。”

“操，什么世道！”我在文哥屋里转了两圈，“那你呢？”

“我答应了。要不怎么说开不了口呢。”文哥把头低到裤裆里。过去他老说，奶奶的，五十岁的人了，除了戴大盖帽的，怕谁呀！要挣钱，就得抓一个是一个。现在，他把快五十岁的脑袋低到裤裆里，抬起头的时候说，“要不，你就应了吧。挪个窝还不知道哪天能挣到钱，搬家三年穷啊。”

“他们不就几个人嘛，咱们一块对着干，我不信能把我们怎么着！”

文哥捋起袖子，小臂上有一道淤紫的伤痕。然后撩起上衣，肋骨上也有一块。“前几天的事。”他说。被打了他一直都没吭声。“不软不行啊。老婆孩子还等着钱。”

他的惭愧显而易见，低头等我说话。我只咳嗽了一声就回了自己的屋。子午问我脸阴着是不是撞上鬼了，我说没有啊，我在想明天去趟颐和园吧，就几步路，也没带你去玩过。我只是想空下来一天好好想想。这种事过去从来没遇到过。

“好啊，好啊，早想去了。”子午说，指着电视，“哥，你帮我看看那女的会不会跟她同学上床，我去撒泡尿。憋死我了。”厕所在胡同口。如果一大早去干大事，要排老长的队。

5

第二天子午说，颐和园不去了，他想去买

个 CD 播放机。他一直喜欢听怪兮兮的歌。像梦话一样的说唱歌曲，他一哼出声我就觉得我们是两代人，尽管我只比他大五岁。买完 CD 机一定还要去买 CD 唱片，因为他年轻；我就不去了吧，因为我老了。有时候真觉得老了，比如现在，我犹豫不定。我当然不愿意加入那个收保护费的队伍里，太他妈可笑了，但也在担忧换个地方的代价。一切都得从头开始，而子午刚刚尝到挣钱的甜头，我希望他能顺利。我跟父母和姑妈保证过，让子午越来越好。

一上午我都坐在电视前面。没装有线，房东说，要装有线，房租还得提。就几个频道，我换来换去就把上午时间忙过去了，什么都没看到。子午发来短信，他在外面吃。我给自己煮了一袋方便面。子午来之前，我几乎每天都有一顿饭是方便面。方便，想啥时候吃就啥时候吃。现在子午不喜欢这东西，我们就下馆子。午饭后眯了一会儿，决定出去看看。在院门口看见老铁推着一辆陌生的七成新自行车进来，我说，老铁这就下班了？老铁说没哪，回来喝口热茶。过一会儿我从公厕里出来，老铁端着他的玻璃大罐子茶杯走在前头，自行车不见了。

硅谷门口永远都一堆人。我四处找反穿夹克，没有。后来想想，一伙好多人呢，未必都要反穿夹克冲在最前头。走到北大南门外那条路上，只看见一个有点面熟的同行，看来他们收效显著。我就在路边站住，像往常一样问往来的行人，要证吗？站了一个下午，没人找茬，也没人搭茬。一个生意没做成。所有人在今天下午都不需要假东西。

晚上子午回到西苑，除了耳朵上多了一副CD机耳塞，跟往常没有区别。但他拿掉右边的耳塞突然跟我说，他想分出来单干。我一下子没明白过来，他解释了一下，就是我干我的，他干他的。不行，当然不行，根本不需要考虑。这种时候。过了这一段再说。

“我已经做了一单，”他从口袋里掏出四百块钱，“这是定金。一个驾照。”

“子午，听哥的话，最近有点乱。你要用钱我这里有，随你拿。”

“不缺。”

“那为什么不能再等等？”

“那我说缺钱好了吧？我说我想自由支配我挣的所有钱好了吧？”子午鼻尖开始渗出细碎的汗珠。从小他就这样，一急鼻尖就冒汗。

“过了这段再说。”我只能重复这句话。两个人面对那一伙强盗总比一个人要安全。子午不明白黑吃黑最后结果会有多可怕。我刚来北京那年，一个哥们活活被另外两个办假证的踢死了，理由是他抢了他们的生意。那哥们是多仗义的一个人。子午才刚刚开始，他不懂。“这样，以后挣的钱放你那里，可以随便用。”

“我不要。该谁的就是谁的。我决定了，你要不答应，我明天就搬出去。”

好吧。都这样了，我只能妥协。他是我弟弟。然后我出门去买烟，一个人在马路上转了两个钟头。回来时子午已经睡着了，CD机还在放。我把他耳机取下来，翻身的时候他吧嗒几下嘴。小时候他就这样，老是做梦吃东西。那时候他喜欢跟在我屁股后头玩，干了坏事就推到我头上。说柿子是我偷的。说邻居家的玻璃是我打碎的。说五块钱是我弄丢的，他用那五块钱买了一把玩具枪。当初我就没打算让他来北京，姑妈也不同意。我们那地方“跑北京的”每年都有几个进去，短的三五个月半年，长的三五年都有。姑妈恨不得天天守着这棵独苗才放心。子午死活要来。我妈在电话里说：“子午少了一根头发，我看你就别回来了。”

早上起来，我再次让他别单干。他眼皮一翻：“哥，昨晚说好了的。”

我们出门。他坐 332 路公交车，我坐 718 路，他先走。到了下一站我赶紧下车，换上他之后的一辆 332。得盯紧他。他在黄庄下车，我也下，远远跟在后面走到双安商场，我去了马路对面。我一个生意没做，只盯着对面。看子午说话打手势的样子，应该很熟练了。这个我不担心，我担心的是业务之外的安全问题。一上午他和四个人长时间交谈过，起码应该谈成了一个吧。中午时分，突然收到他一条短信：

“你累不累？”

我回他：“啥意思？”

他回：“跟了一上午了。过来吧，一起吃午饭。”

操，他早发现了。我去了对面，一眼瞥见反穿夹克从四通桥底下经过，突然想起来，一上午很太平啊，子午那边也没事。奇了怪了。“你跟着我干吗呀？”子午说，“我又不是小孩，你就不能让我单独干点事？”

“怕你出事。”

“能出什么事，光天化日的。这是首都。过去没见你这么婆婆妈妈的啊。”

婆婆妈妈。说得好。子午个头比我高，学历比我高，智力和口才都比我高，真需要我婆婆妈妈地护着么。“放心，”子午又安抚我，“你忙你的，有事我会给你打电话的。”

“刚看见那小子了，他怎么没动静了。”

“都忙赚钱了，谁有工夫理会咱们。你不会闲得自己送上门吧。”

那倒是。我和子午正式各干各的了，但我

尽量离子午近一点。几天都没事。同行少了，我们的生意就多了。有几次反穿夹克和另外几个面熟的家伙从我旁边经过，他们没有表示，我也不拿正眼瞧他们。但我想清楚了，只要他们找茬，我也不会手软，不管他们几个人，反正子午不在身边。谁也不能总让人欺负。

因为各干各的了，中饭和晚饭也就经常不在一块儿吃。聊天主要在晚上，说说一天的收成。子午挣得比我多，我很高兴。为此我给姑妈打了电话，告诉她子午是个好同志。姑妈说，你得看好他，这孩子，心野着呢。我说野点好啊，有闯劲，像我这样那能有啥出息。电话过后三天，我在万寿寺附近一个临街的小馆子里吃午饭，几个人从门外经过，我低头继续吃，忽然觉得其中有个人像子午，放下筷子跑出来，他们一伙人已经不见了。我给子午打电话，问他现在哪里。他说打印社，正请人做一个技师证，有事？没事，午饭吃了？没有。好。挂了电话我回去继续吃。

子午越来越让我放心，我不再跟着他。那

天上午没出门，看电视，然后睡了一个漫长的午觉。小型的沙尘暴刚过去，北京的春天一下子浓得化不开，天高云淡，一出门就有脱衣服的冲动。我把夹克和毛衣搭在胳膊上，随便上了一辆往北走的公交车。我在农业大学那站下来。很快接了一个生意，要农大的函授结业证。没问题。拿到定金先买了包烟，刚点上，离校门不远有一伙人在吵架。我凑上去，看见反穿夹克、文哥和另外几个人围住两个陌生人，那架势他们要打，反穿夹克的手已经伸到其中一个的身上了。都不要猜，那两个一定是不愿交保护费的。还是躲开为妙。我往公交站牌走，竟然看见子午站在一棵树的后面，伸着脑袋，他也看见了我，就从树后走出来。

“哥，你也过来了？”子午说，从口袋里掏出耳机，“我刚到。”

“他们在干吗？”我指着闹哄哄的那一群人问他。

“不知道。我刚到。”

不知道最好。我让他跟我一起离开，免得

招惹上麻烦。子午有点为难，说和客户约好了在这里碰头。我让他给客户打电话，到前面见，打车费我报销。子午跟我一起上了车，那时候他们已经打起来了。那两个可怜的哥们。

我担心的事终于来了，来了就让你头皮发麻。子午跟着反穿夹克他们一起把别人打了，文哥也去了。群架。那是个周六傍晚，我等子午回来吃饭，说好了一起去东来顺吃火锅。很惭愧，都说东来顺有名，我在北京待几年了也没去过。我想有名的馆子应该也贵。但是子午想吃，那就去。天擦黑了他还没回来。我打他手机，一直没人接。正当我在院子里绕圈，院门开了，文哥抱着左胳膊进来，黑着脸看不清表情。他径直进了我的屋，让我把门关上。

在灯光底下我才看见他身上有血，夹克也穿反了。“妈的，搞上了，”文哥说，“帮我扶下胳膊。”我托着他胳膊，他开始脱他的土黄色双层夹克，他反穿是因为外面的那层右胸口一大团被血浸湿了。“那狗日的不禁打，一拳过去，鼻血就停不下来，我抱住他脑袋让别人打，弄了一身，”文哥说，“哎哟，轻点。”他另一只胳膊紫了一大块，被人用板砖砸的。

“子午，”我一下子慌了，“是不是，也打了？”

“操，这记性，差点忘了。就是来告诉你这事。应该问题不大，我来的时候都跑了，对方有一个趴在地上，不知死了没有。我只看见他眼珠子挂在鼻梁旁边。后来就顾不上了。”

“你说子午？”

“啊？不是。对方那个狗日的眼珠子被拍出来了。真没看见，一大群人，乱打一气，我哪看得清。在清华西门外，不到西门，往圆明园来的那条路。对对，小桥那儿。”

我扔下文哥就往外跑，出胡同开始打车，快到清华西门附近的那个小桥时下了车。这段路上的车辆向来不是很多，今天尤其少，要不他们也不会在这里打群架。靠近圆明园那一边的路旁有一摊血，在路灯下黯淡发黑。那摊血让我陡然心动过速，我不知道那当中有没有子午的。我在周围放声大喊子午的名字，喊得整个人都空空荡荡了，还是没有回答。偶尔有车经过，速度都会放慢，他们一定以为我是疯子。

在那大约十分钟里，我脑子里至少想到了十八种结果。我希望子午能占到最好的一种，毫发无损，现在还和早上出门时一样活得好好的。但这可能性相当小，他正是热血沸腾的年龄，实在没有理由不冲上去。我给文哥打电话，他说子午还没回去，他正收拾东西，马上去火车站，先离开一段时间。他担心当时他们把那人一砖头拍死了。文哥让我帮他照看一下房子，一会儿把下一个季度的房租放我床头，帮他交上。风声过去了就回来。多保重啊。多保重。听得我更急了。我就一路往回走，走几步喊一声子午。快到西苑，手机响了，对方说他是公安局，问我认不认识陈子午。我听到身体里有根绳子断了，嘣的一声。我说是我表弟，他在哪儿？

“公安局。”

我打车直奔公安局。子午在铁栅栏的另一边，整个人极度虚弱，长头发盖在恐惧的眼上，他说："哥，哥，我没打架，真的没打架。"嗓子跟我一样沙哑。我多少放了点心，起码人没事，胳膊腿和脸上都是完整的。

警察跟我说，他们在事发现场附近发现了我表弟。当时子午正倚着圆明园的高墙低着头呕吐，面前一大摊没消化完的汤汤水水，绿汪汪的胆汁都呕出来了。当时人差不多跑光了，有一个趴在地上，头部和脸部重伤，左眼迸出。现在医院救治。有人打电话报的警。

我说："我表弟说了，他没打架，就是经过时看见的。他从小晕血，因为吐得难受才停在那附近的。"

"我们会继续调查，嫌疑人暂时还不能离开。"

我又要求见了子午一面，让他放心待着，没问题，我会跟他们说清楚的。记着，你只是个过路人。我的意思他明白，我希望他能坚持到底。子午绝望地点点头。他哪里经过这阵势。"哥，"子午说，"你得把我弄出来，我一分钟都不想待了。"我说好。你一分钟都不想在里面待你跟他们混在一起干什么。

可我哪里有那本事。回西苑一路都在想哪个熟人和朋友可以帮上忙，一个都没有。我在北京的朋友差不多都是站在警察对面的人。回到住处，接到文哥在火车站发来的短信，说不好意思，走得急，房租给忘了，让我给他垫上，回来就还我。没问题。回完短信我就坐在床上发呆。子午还是太嫩，应该向文哥学习。

然后手机响了，一个客户说，明天他临时出差，要的货只能回来再取了。我说好。正好没这个心思。挂了电话突然就想到了一个警察，我给他办过一个本科毕业证一个硕士毕业证，硕士的是他本人的，本科的是他老婆的。警察也需要证书，因为他也想过上更好的日子。但这家伙牛，上来就说他是警察，别想在他身上动刀子宰。我当时有点懵，竟然有警察跟我打这种交道。搞不清他到底是不是，干脆有枣没枣打一竿，只收了一个本科的钱。他觉得我这人还挺实在，给他面子，就说有事可以找他。我把手机里的号码一个个往下翻，没有姓居延的。我记得他是这个复姓。我把床腿挪开，垫床腿的砖底下有个薄薄的通讯录，通常我只把一些大客户的联系方式记在上面。放床腿底下是为了防止警察突然袭击。在最后一页才找到，拨号时我已经大汗淋漓。

对方那边很吵，有唱歌的声音。“我是周子平，给您办过两个证，一个本科的，一个硕士的。”对方沉默了几秒钟，说：“等一下，我出来说。”皮鞋踩地的声音。背景安静下来。他还是那样洒脱，“还记着我的号啊。什么事直说。”我也没客气，把事情说了。我强调子午没打架，只是路过。“就路过？”他呵呵地笑。我猜他笑的时候另一只手一定放在腆起的大肚子上。

“绝对没动手，”我妥协了，“只要能弄出来，多少钱都行。越快越好。”

“应该不贵，不就打个群架么。当然了，要弄出来就是没打。这事不归我这摊子管。我先跟一哥们问一下。”三四分钟后，他打过来。“明天去领人。五千。”中间停顿一下，吸一口烟的时间。“咱俩不欠了。从现在开始，你不认识我，我也从来没找你办过什么证。”

“没问题。我已经忘了您的号。”

6

子午从里面出来，我拍拍他的肩膀什么也没说。他为了我们俩才跟反穿夹克他们混到一起的。可是我没钱请他吃上一顿红烧肉了。所有的钱都拿出来也不够五千，我连夜从朋友那里拿了一千二。现在我两手空空，打车的钱都不够，子午口袋里也只有二十。我们去了成都小吃，我吃了两笼包子，他一个没动，脸扭到一边说不饿。见到吃的他就想吐。

昨天他们说要和另一拨人打架，那几个人联合起来抵制保护费。当时子午一点没感觉到怕。他学着反穿夹克和文哥，手里拎块板砖。动起真格的他立马抖了，他们打架都是举起板砖就上，半分钟的工夫就搅成一团。子午吓得只往后躲，他从来没经过这种厮杀，怕弄出人命来。举报电话就是他打的。

“手机呢？”

“扔到圆明园墙里面了，”子午为自己的胆怯难为情，“当时吐得跑不动，腿直软。看见他们过来，顺手就扔到墙那边了。我就是不想惹麻烦。扔了之后好像还听到手机响了，当时很多虫子都在叫，可能听错了。”

那是我打的。还算清醒。“你真晕血？”

“晕什么血？我是看着那家伙眼珠子血淋淋的挂在鼻梁上恶心的。哥，你一辈子没见过那么恶心的东西。就挂着，晃来晃去。”

子午手势做到一半，喉咙里蹿出一串咕噜噜的声音。幸好肚子里没货，声音出来了也就完了。搞得我也跟着反胃。子午说，当时他回头跑，跑不远就忍不住，跌跌爬爬蹭到墙根下，呕得昏天黑地，都想干脆把脖子撕开，手伸进去把肠子胃啥的一把掏出来扔掉拉倒。那哪是吐啊，简直就是把自己从里到外反个个儿。

吃完饭子午回去睡了一觉。我把电视抱

到旧货市场卖了，一百。一百块钱对我们都很重要。子午要卖CD机，我说不行，这玩意儿拿到手就掉价，卖了顶多一半的价，亏大了。能把这两天打发过去就成。拿到钱，我和子午买了门票进圆明园公园，在他扔手机的地方做地毯式搜索，没了。被哪个王八蛋捡走了。子午觉得他连累了我，出了公园就要去大街上找生意。我说你省省吧，虽然出来了，难保不会再有事，文哥那种老杆子都跑老家躲了，你还是老老实实给我待屋里，哪儿也不许去。我把他送回西苑，一个人坐车到北太平庄找生意。

那两天我跑了好几个地方，一个收保护费的都没有，总算他妈的太平了，但也没找到一个正经生意。不过还是收了一个要办“文学大师”证书的小伙子的定金，一千。那年轻人说，他毫无疑问已经是当代的文学大师了，但是别人不给他这顶光荣的帽子戴，所以他要自己给自己戴，因为他深刻地认识到了自己的价值。他有十部长篇小说，四部在《红楼梦》之下，六部在《红楼梦》之上。如此高昂的文学成就，难道还不算文学大师？我说算，百分之百算，就是外星人来了也没话说。算就给我办，你开价。两千，定金一千。我咬了好几下牙才开这个口的。没问题，不就是两千块钱么，我随便一本书出来，没三五百万根本打不住。他咯嚓咯嚓当场就点了十张老人头给我。我激动成啥样，我面前站个疯子都应该知道。可他不知道，他说书出了一定签名送我一本。

我们有钱了。

这小子走火入魔了，那眼神就不对。《红楼梦》我还真不太知道它的价值，没完完整整看过，念书时不用功，时间都花在武侠小说上了，惭愧。但我知道也不是谁都能说整就整出一部来的，而且还六部在它之上。太离谱了，满打满算他也就二十三岁。这个证我可以随便搞，自己设计都成，但我不会给他办，这钱不能骗。我就借一千块钱应个急，小兄弟，谢谢了，过几天手头活泛了就还你。我会告诉你，兄弟，没找到“文学大师”证书的母本，钱退给你。

再多说一句话，兄弟，曹雪芹有啥好当的？还要到处借债过日子。

靠这一千块钱我和子午把最艰难的几天熬过去了。回去时我给他买了开胃的话梅、酸梅、杨梅、山楂糕、山楂片、果丹皮，香辣豆腐条、香辣鸡胗、麻辣凤爪、久久鸭脖子，一大包提回西苑。子午看了酸得直流口水，一塞到嘴里立刻有不良反应，又像鸽子一样咕噜咕噜叫开了。我就让他吃香辣的。其实他一直不能吃辣，但是那天他吃了，而且吃得轰轰烈烈，看得我都直咽唾沫，后悔没给自己也买一份。所有辣的一扫而光，子午抹抹嘴说："哥，麻辣的最好吃。"

这就好办了。每天回来我都给他带一大包麻辣食品，也给自己带一份鸭脖子，这东西我相当爱吃。我的生意很快进入正轨，维持两个人的日常生活毫无问题，就把文学大师的定金退了。大师既失望又伤心，说找什么母本呀，做得庄严好看点不就成了？

"那不行，"我谦虚地说，"我这点想象

力哪行。”

“那好，我来设计，”大师说，“反正我有那么多想象力也用不完。”

“还是算了吧，我怕做不好。”

“没事，做不好还做不坏么。你随便做，只要‘文学大师’四个字印得大一点就成。”

我终于扛不住了，钱塞给他就走。小兄弟，希望你不进医院也能把自己的头脑调整好。我一边走一边真诚地感谢他。我们的生活好起来了。我又买了一台旧电视，比上次那个大三寸；给子午买了新手机；他的食欲和胃恢复了正常，就是变得嗜麻辣了，不过问题不大，花椒和辣椒都不贵；因为打群架那件事再也没有消息，风声也过了，收保护费的那帮家伙散了，消失不见了，子午也开始出来干活了。感谢你，小兄弟，大师不是自己封的。

7

办证。吃饭。睡觉。警惕着不被警察盯上。

生活正常起来。闲的时候我看电视子午听他的CD，或者正聊着天同时走了神，一起发呆。很多次我都产生同一个感觉，就是这样的日子已经过了无数年了，而且还将无数年地过下去。一个人在这浩瀚无边的城市里待了无数年，还将再待无数年。一个人像一只蚂蚁。像沙尘暴来临时的一粒沙子。这种多愁善感的时候我就特别感谢子午，他在我身边；但同时也为此愤怒，他也待在这里，是一只蚂蚁旁边的另外一只，是沙尘暴中一粒沙子身边的另外一粒。我的表弟，像我一样，早早地被这个城市淹没了。

有时候我看着正听CD的子午，觉得他陌生。那一场群架之后，他好像有了后遗症。瘦了，头发长了，人显得柔弱，见到警察就有点胆怯。可能他根本就不适合干这行。

天开始热的时候，文哥听说百无禁忌，就从湖北老家回来了，西瓜正大规模上市。这一趟探亲假把他养肥了，老婆伺候得好，床下的活都舍不得让他干，整个人胖了一大圈。因为胖，他空前地想吃西瓜，一到晚上就抱着个西瓜跑我们屋里来吃。有天晚上我们正捧着西瓜在啃，突然听到外面一声大喊：

“不许动！举起手来！”

三块西瓜都掉到了地上。这是职业病。我们面面相觑，很快就反应过来。文哥说，“找我的，跟你们没关系。”他抹抹嘴站起来要往外走，我让他别出去，话还没说完，子午噌地跳下床，鞋子没穿就往外跑，穿过黑暗的院子继续往院门跑。然后听到他叫了一声。我赤着脚跑出去，几道光柱从头顶上射下来，屋顶上站了十几个警察。子午在院门前被两个警察扭住胳膊，正拎着往光亮处拖。子午一个劲儿地叫哥。我大喊：“子午！”

文哥说：“子午没事，板砖是我拍的。”然后对警察说，“没他的事，放了他。”

所有的光柱一起对准文哥，一个雄壮的声音说：“你就是老铁？”

文哥说：“不是。”

从院门外又冲进来几个警察，三两下把文哥和我押了。他们又重申一遍，谁是老铁？我和文哥在灯光里对了一下眼，原来是老铁犯了事。两颗心就放下来。老铁的屋里是黑的，昨天晚上好像亮过。记不清了。谁会记着眼皮底下的事。灯下黑。

那天晚上我们被带到了警察局里。老铁真犯了事，抢劫，劫的还是警察。看起来老实巴交的，没想到啊，真是开了眼了。最初老铁和那个姓王的警察扯上关系，是因为王警察在值勤时踢了老铁的修车摊子一脚。老铁咕哝一句，王警察认为是骂他的，老铁坚持说没骂。事情最后不了了之，但老铁就和王警察飙上了。他认识王警察，就在附近的派出所工作，经常骑着一辆九成新的女式自行车上下班。老铁逮了个空就把那车子给搞来了，改头换面弄成一辆男式车。具体弄成什么样我不知道，很可能那辆女车和改装后的男车我都见过。老铁的车子推出的和推进的通常都不一样，我分不清楚。他把改装过的车子自己用，整天放在修车摊旁边。竟然被王警察认出来了。他车子丢了以后，四处打探。都偷到自己头上了，实在很没面子。

王警察在老铁的自行车大梁上发现了一张棉袜子的广告贴纸，指甲大小，他女儿拆新袜子时顺手贴上的，一年多了都没掉。老铁篡改车子时没注意到这个小细节，被抓了个正着。证据确凿，而且一看车子就刚刚组装过。老铁死不认账，王警察懒得跟他上纲上线，把男车骑走就拉倒了。

事情到这里就可以结束了，可老铁不。他有想法，过两天又把王警察的男车弄过来。要在过去，他倒手就卖了，现在他偏不。跟王警察耗上了，决定死磕到底。继续改头换面，弄成一辆看起来像但又找不到确切证据的女车。这就是他要的效果，还摆在修车摊子旁让王警察看。王警察当然会过去，他知道这车子的一部分零件是自己的，所以车子也就是自己的，但是找不出理由。老铁忘了，人家一身警服就是理由。王警察找了个同事，一个拦住老铁，一个推上自行车就走。霸王硬上弓，老铁一点办法都没有。但换了个时间他就有别的办法。

我猜整天笑眯眯的老铁其实就是想出口恶

气，没想到越出越长收不住了。他想不开，还得把变了好几次的车子给弄到手。王警察每次上班都把自行车放在一楼同事的门口，不再随便扔，偷是不行了。偷不行，只能抢，从王警察手里活生生地夺过来。老铁就这么干的，认死理了。他拎着一个大扳手，昨天晚上埋伏在王警察回家的途中，突然跳出来。该王警察倒霉，住在一个偏僻的地方，前后都找不到一个人。本来老铁只想把自行车夺过来，扳手用来威慑和壮胆。抢夺时争执不下，偏偏远处传来人声，老铁一急，对着王警察脑袋就是一扳手。老铁骑上车就跑。

今天傍晚，王警察在医院里醒来，费了好大的力气才想起老铁的那一扳手。然后公安局开始确定搜索范围，半夜三更爬到屋顶上，包围了整个院子。在警察局里，我们三个没东西可说，老铁家几口人我都不知道。威逼利诱一番没结果，就放我们出来了，临走时嘱咐我们一旦发现老铁行踪，立刻汇报。我们一直点头。出来时天快亮了，天光不明，子午的脸是灰的。

文哥死里逃生一样的快活，西瓜掉下来的时候他还以为后半辈子要在里面过了呢。为了庆祝自由，他坚持要请我们吃油条喝豆浆。我不置可否，他就问子午。子午看看我，我说好吧，吃完了回去睡觉。

那一觉睡得扎实，到下午我才醒来。子午已经起了，坐在我床边的椅子上抽烟，看见我醒来就掐灭了烟，叫一声：“哥。”我翻了个身。“哥，”子午又说，“你，是不是觉得我胆子太小，老想着自己？就是，自私？”我慢慢坐起来。他这么一说，我终于发现为什么这段时间莫名其妙地觉得心里堵了，自从上次子午从警察局里出来就这样。没错，是胆小，是自私。我尽管不赞同他冒险，但我希望他能勇敢，不胆怯，遇到事情不要两手一摊就跑掉。我希望他是一个仗义的人。我看了他半天，我表弟，也许他还没有真正长大。我对着他伸出两根手指，子午递过来一根烟。

“慢慢来吧。”我说。

抽完那根烟，我又躺下来。再醒来天已经

黑了，日光灯在亮，子午刚进门，他说，哥，你醒了？起来吃点东西吧。我就闻到了“麻辣一锅香”的味道。这是胡同口一家小饭店的招牌菜，主味麻辣，菜随便点，土豆、藕片、海带皮、鸭血、牛肚、豆腐皮等，一锅烧。我们都喜欢吃，懒得出去了就打个电话叫外卖。还有鸭脖子，子午又说。我从床上起来，看见子午的脑袋在灯光底下闪闪发亮。他刚剃了光头。

剃了光头的子午英气勃发，精神多了。我喜欢看到一觉醒来之后的子午。一切可能重新开始。这多好。

8

七月底我回了一趟老家，母亲托人给我介绍了女朋友，要见一面。女孩各方面都还不错，临时工，在一家小超市里做营业员，跟子午一样大。没成。这是第四次没成。前面三个各有原因。第一个觉得我这样长相平庸，这没办法，天生的。第二个说我像个闷葫芦，你说我们头一次见面我跟你说啥？对方倒是挺能说，天文地理巴以冲突一直到化妆品，可在我听来，除了化妆品那点知识可能还靠点谱，其他一概胡扯；化妆品我确实不懂。第三个问我一年内能不能把三居的房子买到手。操，我哪有那本事，我李嘉诚任志强啊。

超市营业员第一次见面就黄了，原因是我说这几年没攒下什么钱，而在她看来，跑北京的挣钱如流水。她很直接，我也很直接，的确没存下钱，我也不知道钱他妈的都到哪里去了。我懊丧地回到北京。说实话，我早就想找个老婆了，有个家生活可能会是另一番样子。我得时刻想着挣钱、存钱，想着如何安顿一家人现在和将来的生活，像文哥那样。他能挣也能花，但花得心里有数，不该花的从来不花。

下了火车回到住处，已经到了吃晚饭的时间。子午还没回来。我没跟他说今天回。放下包冲了个冷水澡，还是觉得烦躁，决定出门走走。三番五次被甩能不烦躁么。我手插口袋慢慢往前晃，出了胡同上马路，我也不知道去哪儿。回家一周半，西苑没有变化。大酒店门口停了一溜车，有钱人在里面吃饭。练歌房里年轻人在唱歌。我忽然有种无所事事的空虚，得找点事做。就上了332路公交车。在终点站西直门下车，出了站随便乱走。我跟着脚走，反道，直行，过马路，再直行，拐弯，过马路，面前是一家小夜总会。看到闪烁不定的霓虹灯，我就对自己笑了，右脚踢了一下左脚，狗日的，就让我不学好。心里空落落的原来是想着这地方了。一年前我和朋友来过一两次，他非拖着我过来，他说我这样的光棍再不来看看，那等于慢性自杀。那哥们后来进去了，身上三个证。他说过这地方安全，我也觉得挺好。

值班经理是个女的，半老徐娘，居然还认识我，握了手说："好久不见了，在哪儿发财？"

我笑笑："有点事，刚回来。"

"怎么说？要休息一下？"

我继续笑笑，说有点累。经理说，那得找张床躺躺，就对旁边的服务生打个手势。我跟着服务生到了另外一个楼层，服务生推开一扇门，十来个女孩穿着低胸裙子在喝饮料，笑作一团。我指着裙子最低的女孩说，就她。

服务生说：“不再挑挑？”

我重复一遍：“就她。”转身继续往前走。

我摸摸口袋里的钱，在沙发上坐下来，开始抽烟。这地方也就工薪消费，我心里有底。女孩先从门外露个头，纯情地说：“大哥，您找我？”我招手让她进来，她刚坐下，我就把烟掐了，说：“脱。”速度有点快，女孩有点愣。我也愣了，竟如此果断，我觉得自己此刻的长相一定更加平庸，而且恶心。恶心就恶心吧，我有种把自己扔出窗外随他飘坠的快意。快了点么？没办法，你憋了大半年你也急。那哥们进去之后，我就再没经过这个门口；子午来到北京后，我就更没想过了。不能把子午带坏。

两次之后，我把掐掉的烟重新点上，抽完了觉得想上厕所。这种简易的包间没有洗手间，只能去外面的公共卫生间。下床时对女孩说，等下，再来。女孩一听，都要哭了。

我撒完尿，正打算出来洗手，一个看起来

挺清纯的女孩走到盥洗间，对着水池吐了几口，开始洗手，一个男人站在外面，让她快点。那声音很熟。我身体里的哪个地方咯噔响了一下，伸出半个脑袋往外面看，一个光头。子午。我赶快退回洗手间。那女孩洗完手进了女厕所，我一直等到她出来，走掉。她走出盥洗室就被外面的男人揽住了肩。那个光头，不会错。我跟在后面，看见子午的手从女孩肩膀上下来，温情地趴在她的屁股上，然后进了离我不远的一个包间。门关上。

我的心情一下子坏了，进了房间就脱裤子。女孩说："能不能轻点？"看上去她也就二十出头。我直直地看着她，她往被子里缩了缩，被子拱动，拽出一条刚穿上的丁字裤来。我一屁股坐到沙发上，过了一会儿站起来，转过身开始穿裤子。出门时把一百块钱放到了那条丁字裤上。

我在外面逛了很久，回到西苑时接近午夜。子午还没回来。打手机，半天才接。在哪呢？哥你回来了？你也过来吧，这地方还不错哪。

“在，哪，呢？”我一个字一个字地重复。

“怎么了哥？旅馆，就是扣我箱子的那个旅馆。”

四十分钟以后，我打车到了那里。子午正坐在床上看电视，我推门进去时他站起来，说：“哥，这床大吧？”是挺大的，我们俩的床并一块也没这么大。很凉快，空调打得够低。我上来就是一脚，踹得子午后退几步坐回到床上。“哥？”子午都没回过神来。

“你跑这边干什么？”我的脸拉得有半里路长。

“我要享受一下，”子午理直气壮地说，“当初我只能住地下室，还被他妈的老板扣了箱子。我对他发过誓，有钱了我一定会回来，我要住最好的一间客房给他看。不就两间破屋子么，有什么了不起。”甩手就把电视遥控器扔到复合木地板上。

“这些天就干这个？”我捡起遥控器，在手里转来转去。

“还做了三单生意，就是没挣多少钱。”

子午给我倒了杯茶，烟也递上来，“我出来其实是躲查房的。你刚走三天就有人来查房，要看暂住证，我哪来那东西。扯了个谎说是到北京找你的，就跑出来了。文哥说最好躲几天，他们还会去的。我就想起这里了。”

“没别的了？”

“没了。还能有什么？”

我的遥控器就甩过去了，砸到他的光头上。你小子还跟我玩这手！

“你疯啦？”子午从床上跳下来，赤着脚站到我面前，比我高。他捂着脑袋的指缝里渗出了血。“砸我干什么！”

“你他妈的找小姐去了！说，找没找！”

我以为他会抵赖。我希望他死不认账。我弟弟。没想到他跟我一样喊起来：“我他妈的找了又怎么样！我为什么就不能找？我就找！我明天还找！”子午声音慢慢低下来，腔调拉长，蹲下身的时候差不多要哭了。“我为什么就不能找？她给我打电话说，那人不要她了，只要我答应她把那狗日的腿打断，她就嫁给我。我成什么人了？捡垃圾的？别人不要了才往我怀里送。还要我替她报仇。我成什么人了！我为什么就不能痛痛快快地去找别人！”

“你是说，你那女同学？”

子午蹲在地板上开始小声地哭，不说话。看来是她。隔壁有人擂墙，声音含含混混地传过来，都几点了，还让不让人睡觉！子午站起来对墙踹了一脚，再踹一脚，又踹一脚，大喊，睡你妈个头啊！那边陡然不吭声了。他还要再踹，被我拉住了。“好了，不说这事了。”我觉得自己有点莽撞，不该上来就发作。我递给他一根烟，“我也不是好人。也去了。”

子午一脸泪水就笑了，“哥，你是不是经常去那种地方？”

“没有。一共三次。”男人说话没必要遮遮掩掩。

“我两次。前天晚上一次，今晚一次。就被你撞上了。那女孩长得有点像她，在大街上看见的，我就跟着，一直进了那地方。开始只是想多看她几眼。”

“以后别去了，”我说，“你那同学，怎么回事？”

“我也不知道。突然就给我打电话，问我喜不喜欢她。这还用问吗？不喜欢她我当初跟她在一块儿干吗？她说好，那就替她把那男的做了，一条腿就行，两条腿更好。做完就嫁给我，嫁妆都不要。不答应，拉倒。本来我都让自己忘得差不多了，她又跑出来。”

“她怎么知道你电话？”

“打到我家问的，说是我同学，聚会想联系我。”

“神经病。怎么打算？”

“当然不能干。我是喜欢她，可也没理由做掉人家两条腿啊。”

那就好。那地方别再去了。这女人我看也别拉拉扯扯了。明天给你办个暂住证，假的没用，得真的。当然得要，你不是北京人。没那么多为什么。好好赚两年钱，回家找个合意的好姑娘。你还年轻。我们俩斜躺在那张巨大的床上，有一句没一句地说话。我说不出更多的大道理。我能说出的都是你看见过的生活，你也能说，说得一定比我还好。困意慢慢上来，我就睡着了。

子午的暂住证折腾了好长时间才办好。要房东的产权证和身份证的复印件，要排队，要跟他们说明身份、理由等一系列问题。拿到产权证和身份证的复印件就费了不少嘴皮子，房东不愿意，怕我们拿出去为非作歹。子午都烦了，这么久，枯树都发芽了。他差点跟办事人员吵起来。终于办好了，子午拿到手就扔到地上，连着踩了十几脚才拿起来装进口袋。

9

这之后，子午就变了，有了江湖气。我不知道这好还是不好。我也不知道是他天赋里的野气发作，还是那个光头把他怯缩的生活照亮了，或者是找了一次小姐就增进了勇气、强壮了神经。因为据我的那些不学好的哥们说，找过一次小姐之后，整个人的世界观都会变。对我来说，在一定程度上也是。第一次进入夜总会挑出一个女孩，我几乎是咬牙切齿地克服了过去的那个自己，你必须突破一个底线才行。我给一个旧的周子平松了绑。那是一道槛。

偶尔子午还会去找夜总会的那个女孩，他不再避讳。开始的时候他跟我说，哥，我想去看看她，让我去吧。好吧，也算情义之举。到后来，他直接就说，哥，我想去，难受。脸上已经完全是一个男人的表情了。但他这样说时，态度坚决，形色果断。你阻挡不了。他完全可以不跟我说就去，但他跟我说了。那个女孩的意义此刻在于，她有一副女人的身体。我同样不知道这好还是不好。不需要女人身体的男人肯定不是个正常男人，但是，当他是我表弟，他要成为一个嫖客，在我看来比我自己胡来一次要严重得多。我知道这很没道理，可不由人啊，他是我表弟。一想到我是做哥哥的，立马就想端出为他负责的做兄长的架子来。

在学校里多年养成的清净干爽之气在子午脸上消失了，子午的皮肤变厚，变糙，毛孔在一夜之间涨大。安静的时候脸上也会出现阴影和线条。文哥说，过去没看出来啊，你们表兄弟长得还挺像。他说的是我们俩脸上的阴影和线条。事实上，子午的阴影比我大，线条比我冷、比我硬。他长得比我好。过去是英俊，现在，用时髦的词说，是酷。他开始喜欢像高仓健一样，有事没事就把 T 恤衫的领子竖起来，出门坐车要戴墨镜。我觉得他身上憋出了一股劲，扑通扑通地在跳，而且还在继续膨胀。前女朋友还会给他打电话，他接电话的表情越来越无所谓，甚至有点烦。他经常重复的一句话是：都过去了；或者是，过去的就让它过去吧。然后借口吃饭、出门、洗澡等理由来挂电话。有一天吃饭我问他，还没搞定？

“有钱就让她打吧。”子午说。

“还让你做掉那家伙的两条腿？”

“早就不提了。她说只要我回去，要不答应她过来，什么都无所谓。”

“那不挺好，破镜重圆。”

“我没兴趣了，”子午表情平静，像在说

别人的事，“好马不吃回头草。三条腿的蛤蟆难找，两条腿的女人多得是。”

子午想开了。

“是不是有别的目标了？”

“没有。我要找个北京的。”

我笑了。想法很好，可我们这样的暂住户，要啥没啥，北京的女孩哪那么好找。都说北京女孩打死都不愿往外地嫁，宁愿在家蹲着，那也是蹲在皇城根下。“好笑么？”子午翻了一下眼皮，“什么暂住证、外来户、盲流、京漂，去他妈的。”过一会儿又说，“哥，我想明白了，文哥说得对，大胆大胆再大胆，赚钱赚钱再赚钱。等我赚够了钱，就娶个北京老婆，在北京安家。我干别的营生去，开公司，做老板，开他妈的十家旅馆，第一次来北京的穷人全他妈的免费，想吃吃，想住住，想吃多少吃多少，想住多久住多久。”子午的语气冷静，一点不像头脑发热。到底是年轻人，没有不敢想的。我们的确是两代人。再老一点，像文哥，我敢断定他睡着了都没能力做如此雄伟的梦。于是我说："好。"

子午逐渐改变了往日懒散的生活习惯，从体育用品店里买来哑铃和拉力器，早晚都光着上身哼哧哼哧地练，然后一身大汗去冲冷水澡。要挣钱就得有个好身体。不知道他从哪里看来这句话。除此之外他还坚持看《北京晚报》，一天一份。听音乐的风格也变了，那种类似说唱艺术的娘娘腔歌曲基本不听了，听摇滚，重金属，耳塞一进耳朵血液和筋肉都跟着跳的那种；或者雄壮的，刘欢，韩磊，腾格尔，韩红。反正他生活变了，向大的、重的、强硬的方向走，他凡事要有自己的主见，像换了个人。接生意的胆子也变大了，过去太复杂的我们都不做，现在他也接，当然价钱也高。为了做一个证他甚至愿意跑到平谷和房山找人做。

有天傍晚他给我电话，问我在哪儿，我说北大，在未名湖边交货。他说就待湖边，他马上到，正在从石景山回海淀的路上。刚做完一个高难度的证，挣了，相当可观。要请我吃饭。见了面我们一起出北大西门去找馆子，路上碰巧撞上文哥。老家伙有公交车不坐，一肩膀高一肩膀低地用脚走。“这怎么了？”我问，“给小姐踹床下了？”

“操，别提了，”文哥气呼呼地说，“遇上一个检察官，屁钱没捞着。”

“活该。你也太嚣张了，跟公检法玩。”

“接活时我哪知道他是什么鸟检察官。刚交货，他啪地把证件亮出来。操，威胁我呢！我一个屁没敢放，眼睁睁地看他把证拿走。”

“告他个狗日的！”子午说。

“屁！你敢告？再说,他不是给自己办的，要证的是个女的，骚里骚气，八成是二奶。”

“别人能搞我们，我们也可以搞别人啊。”子午说，“办个警察证，交货的时候亮出来。对方不怕，拉倒；要怕，就吓唬一下，私了还是公了？那些胆小鬼，多半得上当，他们拿假证去招摇撞骗也犯法。”

“子午，又瞎整，那种事哪能干。”

子午撇撇嘴说:“说着玩。安慰一下文哥嘛。文哥，一块儿喝酒去，就当压惊。”

他让文哥挑地方。文哥一听有酒喝，精神立马好了，要去承泽园。喝啤酒，吃烤串，外加麻辣烫。文哥说的地方我知道，在承泽园门口，万泉河桥旁边。白天我常经过那里。文哥说他有个晚上在那里吃过，一个字，爽；两个字，很爽；三个字，我们一起说，非常爽。穿过北大西门对面的蔚秀园，老远就闻到烤串和麻辣烫的香味。

那地方夏天的晚上像个夜市。烤串，麻辣烫，水果，报纸杂志，盗版光盘，煎饼果子，大饼，小馄饨，小饰品小玩具，还有一家露天的大排档，大师傅把炒瓢颠到头顶上。热闹繁华的烟火气。文哥带我们到靠近承泽园门口的那家麻辣烫摊子前，喊一声：

“老板，十瓶啤酒，三只碗！”

老板应声来到，拿出四个小板凳，三个围成一圈，中间一个上面搭了一块形状不规则的薄木板，那就是桌子了。然后是十瓶燕京啤酒和三只碗，每只碗上套一个透明的塑料袋，以示卫生。文哥指着热气腾腾的两口麻辣烫方锅说，自己挑，想吃什么拿什么，不管荤素，五毛钱一串。那麻辣味早闻得我和子午口水直流。文哥是常客，挑得快，挑完了就让师傅烤串，羊肉、牛肉、鸡心、牛板筋、腰子一样不落。尤其腰子，文哥说男人得多吃，补，现在闲着用不上，哪天忙起来，现吃就晚了。

味道真是好，满汉全席都比不了。没杯子，就对着瓶嘴喝。冰过的啤酒，透心凉，不是一般的舒服。麻辣烫的生意相当好，除了我们这样的大老爷们三两个搭伙，主要客人还是女人，尤其是姑娘。那热气腾腾的两锅，前后围了两三层，老板和老板娘都忙不过来了。所有的菜都串在竹签上，各种肉片、猪牛的下水、鸡蛋、鱼丸、肉丸、鸭血、香肠、火腿肠、豆腐、豆腐皮、蒿子秆、香菜、萝卜、平菇、海带、茼蒿、金针菜，菜场有的锅里基本上都有。随便吃，吃完了一起算账，数竹签，一根五毛。

那顿酒喝得痛快，我们熬走了几十拨人，挑了六七次麻辣烫，又加了五瓶酒。到十点多钟，三个人都高了。文哥忽然色迷迷地笑起来，歪着嘴，费力地拖动大舌头说：“屁股。一堆圆鼓鼓的屁股。嗯，好看。”我和子午没听懂，文哥就指给我们看。他面对麻辣烫摊子坐，我们转过身，看见五个穿制服裙的姑娘围在方锅前，一个个伸长脑袋，撅起屁股。文哥说得没错，圆鼓鼓的，好看。包在裙子里面，甚至能看见内裤边缘印在粉红裙子上的痕迹。裙子长及膝盖，十条胖瘦不一的小腿移来移去。身材都不错，应该是附近哪个单位的，集体出来吃麻辣烫。然后她们叫起来，咯咯地笑，好像在抢什么东西。

“她们笑了，多好听！”文哥挥着手，像在演讲，一边打着酒嗝，“那屁股，多好看！嘿嘿。”

我打一下他的手，“别嘿嘿了，吓跑了都。”

文哥说：“跑了好。跑了我去追。”

一个姑娘尖叫起来：“我的平菇！给我！给我！”

其他人都说：“谁拿你平菇了！”

老板娘说：“这就煮，一会儿就好。”

尖叫的姑娘说："哪是一会儿，好几分钟呢！"

子午喊起来："我这儿有，你要不要？"

尖叫的姑娘转过脸，长得挺不错，细高挑，短头发。"谁啊？有病！"

"病没有，"子午笑嘻嘻地说，"平菇有！"

尖叫姑娘气冲冲地走到我们简陋的酒桌前，溜了一眼，对子午翻了个巨大的白眼，说："去死！"然后一颠一蹦地回到方锅前，同桌的姑娘都捂着嘴笑。

我和文哥也笑起来。我说："子午，挨骂了吧。"文哥说："子午，送过去。"我一定是喝得没章法了，竟然也跟着怂恿子午，"对，送过去。"子午真就端起装着平菇的碗站起来，歪歪扭扭地走到尖叫的姑娘面前，双手把碗送出："平菇，给你吃。'尖叫的姑娘又尖叫一声，一巴掌把子午的碗打掉在地上。"去死吧，你！"她说。我担心子午下不来台会动手打人家，赶紧跑过去要拦，子午却蹲下了，把竹签一根根捡起来，乐呵呵地说："你不吃，我吃。"

那群姑娘又笑起来，暧昧地起尖叫姑娘的哄。那姑娘说，有什么好笑的！一甩手，走了。文哥凑过来跟我说，他奶奶的，大姑娘就是好，屁股怎么扭都好看。

10

第二天很迟才起床。起来后子午吧嗒吧嗒嘴问我，他昨晚是不是喝大了？我说都大了。他又回味半天，说，好吃。要不今晚还去？他健身，我们吃早饭，各奔东西，已经是中午了。傍晚他给我短信，七点承泽园门口见。我到那儿时，子午已经摆好了桌子。

啤酒、烤串、麻辣烫，外加两块大饼。很舒服。我们慢悠悠地吃喝。生活挺好。尤其看见所有人都沉浸在烟火中，那种贴心都让我有点感动了。和别人一样，此刻我和子午也生活在繁华的生活里。在其他时间里，我们刻意地接近或躲着大家，那是有预谋的，和你一样，我们也想从这个世界里得到一点东西。我们一直在某个小小的角落潜伏着，即使淹没在人群里，内心里也知道自己十分醒目，就像一枚枚企图楔入正常生活的生锈的钉子。很多人迟早会找你算账，通常是警察，偶尔也会是普通人，当然那是你出了问题。比如子午，有个下午五点半钟时，就在大街上被两个人追着跑。

在傍晚。北京的傍晚不是个好时候，堵车，拥挤，下班的表情疲惫，人和车一整天的耐心和平静此时已经全部用光。在我们已经吃过三次麻辣烫之后，准备要去吃第四次。约好六点在承泽园门口见面。我从林业大学坐上公交车，五点四十，快到北大西门时，子午打我电话。他在电话里气喘吁吁地说："哥，哥，在哪儿？有人追，追我！一个人搞不定，他，他们，不撒手！"

"到北大西门了。你在哪儿？"

"在跑。我往硅谷，那边，跑，你，来接，接我！"

我关上手机就让司机停车，我要下去。离站牌还有一段距离，司机说不能停，这是规定。

我哪顾得了那么多，对着车门踹了一脚，大喊：“开门！”声音大得把我自己都吓着了。一车的人都往我这边看，旁边的售票员直往后撤。司机猛踩刹车，他也被吓着了。那段时间电视报纸都在说，恐怖分子到处干坏事，世界很不太平。“开门！”我又喊一声。售票员对司机说：“开，开了吧。让他下去。”堵在后面的车一个劲儿地摁喇叭。司机只好开了车门。我跳下车的时候听见女售票员啐了一口，说：“什么人哪，丫就一傻逼！”

北京人骂这话听起来特别刻薄，但我没时间理会她，撒开腿就往硅谷方向跑。北大西门到海淀桥这一段，一年到头堵车，这会儿正是高峰的峰顶，挨排排的车在鸣笛，干跺脚走不动。我在车缝里钻来钻去，跑到海淀体育馆附近，看见子午从车缝里钻出来，他跑的是反道。我一边喊他的名字，一边跑着招手。他看见了，速度明显加快，后面的两个男人追得的确挺紧，手里拎着家伙，既像榔头又像勺子。子午到我面前时，我对他喊，拐过去，打车走，我来应付。

子午犹豫一下，继续向前跑，刚拐到芙蓉北路上，那两个男人就到我面前了。我一把抱住最前头的那个。

“哥们，哥们，”我用力抱紧以免被他挣开，“有话慢慢说。跑急了伤身体。”

我怀里的哥们对另一个说：“快追！追！”

那哥们追了几步停下来，子午已经钻进出租车了。他挥着手里的家伙怒气冲冲地对我来了，果然是长柄勺子。接着我就闻到怀里的那哥们一身的油腥味。他嗷嗷地叫，让我放手。我放了他，掏出烟要递过去，拿长柄勺子的那家伙一把打掉了。我捡起来，又给刚刚抱在怀里的哥们递过去，他手里拿一把铲子。“哥们，有话慢慢说。我弟弟他年轻，不懂事，您多包涵。有事找我。”

“好，这可是你说的。还钱来！”勺子说。

“什么钱？”

“那小子办证不好好办，”铲子用铲子指着子午打车的方向，“冒充警察诈我兄弟！”

一听就知道是真的。文哥前两天的教训转眼被现学现卖，也太快了点。为了不惹有关人员注意，我把他们俩拉到前面的大自然花卉市场里说话。卖花的小姐以为我要买花，我说先随便看看。哥们说吧，到底怎么回事？勺子说，也不瞒你，我想办个红案证书，有证人家饭店才要，就找那小子。他接了，昨天交证的时候突然拿出一个警察证，说他是便衣，专门抓我这种用假证扰乱社会的。他抓住我这只手，就这只，要送公安局，我哪知道轻重，懵了，死活不跟他走，我头一回干这事，我冤不冤我！他说不想去也行，交五百块钱罚款。我把裤衩里的钱都搜出来，也就剩三百块钱。他说三百就三百吧，收下了。证也没给我。放了我之后，我就觉得哪里有点不对劲儿，警察罚完钱你得给我个单子吧，我不能不明不白啊。回去跟我朋友一说，也觉得有问题，今天就到那附近等。小子胆还挺大，打完一枪还不换地方，我就知道不是个好鸟，冒牌的。果然，咱们俩一露面，他拍屁股就跑。哥们你来说，我前前后后花了六百块钱，连个证都没摸着，我他妈的是不是冤大发了？你说，我冤还是不冤？我们他妈的挣钱也不容易啊，一铲子一勺子弄出来的。拿铲子的哥们又对我挥了挥铲子。

“六百？”我晃晃右手的大拇指和小指。

“六百！”勺子理直气壮地把他右手的大拇指和小指推到我面前。

我掏出钱包，三个夹层都找了，只有五百五十块。“不好意思，”我说，“要不给我个电话，明天我把那五十给哥们送过去？”

勺子看看铲子。铲子说：“算了，少五十就少五十，就当交了个朋友。”

勺子说：“那好，就五百五。”接过钱他和我亲切握手。分手的时候还语重心长地说，“哥们，让你弟弟别瞎搞，干一行讲一行。别为了那点钱坏了名声。不就点钱么，算啥，花纸一张。是不？”

我一个劲儿地点头。是是。

这屁股算是擦干净了。完了我给子午打电话，搞定了，我在承泽园门口等他，一定得过来，要不我可得脱裤子当了。子午到承泽园时我已经开始喝酒了。他坐下来，听说我给了他们五百五，立马跳起来。“操，那孙子，我一共就拿他五百！”子午说，“狗日的，我找他算账去，反过来敲我们了！”

我把一瓶啤酒对地上猛地一顿，底掉了，啤酒流了一地。“你给我坐下！你能敲别人，别人为什么不能敲你？”

子午嘟囔着坐下，用牙咬开一瓶啤酒一口气喝了半瓶。“我不是想多赚点么。”

“有你那样赚钱的吗？拿来！”我伸出手。

“什么？”

“拿来！”

子午磨磨叽叽从口袋里掏出假警察证。这小子，做得还像模像样，真的似的。子午要穿上警服，真没人会怀疑他不是人民警察。我掏出一根烟，点火的时候先点上了假证。子午要抢已经晚了。塑胶封皮烧起来快，火苗很快就爬上来。

“哥，你干什么？”

“我跟你说过，咱老老实实挣钱，别玩那些歪门邪道。”

“歪门邪道？”子午从鼻子里冷笑出声来，“都是犯法的事，偷和抢有区别么？”

那一瞬间我真给子午问倒了。没错，我们干这个也不是人间正道。法律说了，不许这么干。可是。其实我没有那么多可是。“你说得对，性质是一样的，”我说，“但是，程度不同。偷和抢判的年数不一样，你一定知道。收别人送过来的钱，在我理解，跟拿着刀去逼人交钱，也是不一样的。办假证是一个罪，办了假证还冒充公安，是更大的罪，你知道吗？”我喝了一口酒，吃了一串牛肉丸麻辣烫。“再说，你又不爱听了。还是那句老话，职业道德。假如说你去绑架，钱拿到了你得放人，你不能钱拿了还撕票。这不对。”我拉拉杂杂地说，也不知道说清楚了没有。

应该是说清楚了，因为子午说：“哥，你是这一行里的圣人，哪天办假证合法了，我一定推选你去做劳模，全国劳模。”

“那事我没兴趣，要被全国人民看着。我怕被人看。”我谦虚一下，气氛好了就算和解了。

喝完一瓶酒，子午去挑麻辣烫，又让师傅烤串。坐下来他忽然伸长脖子问我："要是我想在短时间内多挣点钱，怎么办？"

"有点困难。你想干吗？"

"谈恋爱。"

"有目标了？带给哥看看？"

"我也就见过一次。"

"靠谱吗？"

"靠。我让它靠它就得靠。你也见过的，就那天晚上要吃平菇的那个。"

我觉得这太不靠谱了。就见过一次，还让人骂了一顿，其他一无所知，这也能谈恋爱？恋爱我是谈得比较少，没什么经验，但我总知道得有个八九不离十吧。你知道人家多大？有男朋友没有？说不定都结婚生孩子了。就算单身，人家凭什么非要跟你谈？到底年轻。一点办法没有。但子午明明是一张成熟男人的脸。他的表情正大庄严。"哥，你为什么非要八九不离十才觉得可以去做呢？"子午很严肃地跟我说，"她有没有男朋友、结没结婚、生没生过孩子有什么关系？我那个都发过誓了不照样跟别人跑？什么事都有可能，只要你想。”

子午说这话的时候脸上风轻云淡。正因为这个无所谓的表情，反而让我觉得他有点不好琢磨了。于是我说：“人家若是有家庭，你可别乱来。”

“行了哥，又职业道德是不是？别抱着你那套老八股不撒手。爱情里头没职业道德，要有，那也是你想，还是不想。”

这小子，还一套一套的。但我还是认为这事严重不靠谱。我不跟你争，看你这把火能烧几分钟。你连人家在哪儿住哪儿都不知道。

“我等。”子午顿顿他的碗，我才发现他挑了满满一碗平菇串，“我就不信她不来。”

“你不是要找北京的姑娘吗？”

“那舌头卷的，那刻薄劲，绝对是北京人。”

11

那天晚上没等到。子午一次次去挑平菇，

为了让那姑娘找不到平菇跟他搭茬。他几乎把那晚上所有平菇串都包了。喝到十一点，那姑娘也没来，她的同事也没出现。我跟子午说，还真当回事了，回去吧，还得举哑铃呢。

我想子午头脑热一热这事就过去了，没想到他动真格的了，每天晚上都过去，下雨天也不例外，因为下雨天麻辣烫摊子照样开。摊子摆在一个大棚底下，白天那地方修车、修鞋、配钥匙，晚上他们走了，麻辣烫来了。我陪子午连续又去了四次，开始是想看他到底能否成事，后来只是为了一顿痛快的晚饭。表弟认真要谈一场恋爱，我这做哥哥的当然要支持。

那四次里我没见着尖叫姑娘，倒是等到了几个她的同事，还穿那身好看的制服裙。眼看那几个姑娘也走了，尖叫的还没来，子午怕失去机会，上去跟她们搭茬。都认识，那晚被骂了嘛。子午说，你们女孩子为什么都喜欢吃平菇？她们说，就喜欢呗。

“那我请你们，”子午说，“不过你们得

告诉我个事。”

“好。吃完了再说。”她们明显在集体捉弄子午。但子午装作没看出来，该怎么请就怎么请。一共花了他三十块钱。她们说不好意思放开了吃。吃完了，一个说：“人家有男朋友了。”另一个说：“都快结婚了。”又一个说：“别想了。”还一个说：“不过，多请我们吃几次，说不定还有机会啊。”然后几个人笑成一团。

“她人呢？叫什么名字？总可以说吧。”

“才几串就想知道名字，太急点了吧？请假回外婆家了，什么时候回来我们可不知道啊。”

子午得到的另一个信息是，她们都是附近一个疗养院宾馆里的服务员。那家疗养院我知道，我们经过它门口好多次。子午谢过她们，邀请明晚继续过来吃。她们果然就来了，大老远就捂着嘴乐。不吃白不吃。子午花了四十。她们说，看在麻辣烫的面子上告诉他，明天就该上班了。叫什么不能说。子午第二天真就去疗养院找她了，在大厅的服务员标兵的光荣榜里看到她的照片和名字：闻敬。子午向值班经理打听，经理说请假呢。那帮丫头把他涮了。子午忍着不生气，晚上照样请她们吃。吃完了他说，做人要厚道啊。她们就笑起来，说快了快了，明天准上班。

白天子午挑吃饭的点儿去疗养院门口等，直接进去找怕影响人家工作，还可能弄巧成拙。她总归要下班吃饭的。午饭没等到，他去北大附近站了一会儿街，接了一单小生意，晚饭的点儿又跑回来。等到了。闻敬和几个同事端着饭盒一出宾馆大厅，他就叫她名字，后面的同事赶紧嬉笑离开。闻敬径直走过来，第一句就是："你有病啊！"

子午摸了摸脑袋，说："我找了你很多天。"

"去死！"闻敬转身就走，走两步又停下来，"以后也别骚扰我同事！"

子午晚上又去了麻辣烫。约我一块儿，我没去，这段时间总喝酒吃麻辣，胃有反应，上厕所干大事都不利索。据他说，闻敬和一帮同事去吃麻辣烫了，只是一看见他扭头就走，小皮鞋咯嘣咯嘣地响，一个人回疗养院了。子午挺住了，继续给那一帮丫头买了单。她们吃完了觉得有点对不住子午，就说，闻敬好像没有男朋友,不过她好像对你不感冒,其实你挺帅的。子午回来跟我说，当时他感动坏了。一个胖丫头见他不说话，不负责任地鼓励他一句，要不你再试试？女人嘛，哪有攻不下的。她们就笑她，干脆攻下她算了。子午谢过她，坐下来继续喝啤酒，决定再攻一下。

那段时间子午白天晚上都在承泽园附近转悠，他发现闻敬家就住在海淀体育馆旁边的芙蓉里小区。小区楼下是一个开放的小公园，公园里有一处石头设置的景点，很多块巨大的条形石，横着排竖着摆，猛一看既像圆明园的大水法废墟遗址，又像我在报纸上看到的那个神秘的英格兰巨石阵。巨石阵旁边有个巨大的喷泉，只在重大节日才会出水。冬天我经常和几个朋友到那里晒太阳，眯缝着眼抽烟，北方的太阳晒得人浑身无力，神仙似的。现在轮到子午去了。如果我们碰头，白天一般是在巨石阵，傍晚通常就是麻辣烫摊子。有一天子午跟在下班的闻敬后面，一直看她上了楼。然后在六楼的一扇窗户打开了，露出一张脸，随即窗户又关上了。子午没看清那张脸，但他断定那就是闻敬。她家住那栋楼的最顶层。

然后子午想到了最俗也最管用的一招，送花。

我没给哪个女人送过花，送不出手。满大街都是人，你拿着一束花像猴一样被大家盯着看，感觉一定很不好，一想我就浑身炸痱子，出汗的方式都变了。子午拿得出手，这点我很佩服。他说不就花么？假证跟炸药似的，我都整天拿在手上。公园旁边就是花卉市场，那时候北大的畅春新园研究生公寓还没有开始建，花卉市场生意很好，硅谷周围飘满花香。子午挑红玫瑰和香水百合送，每周总要送两次。他不直接迎着闻敬的面送上去，而是在她回家之前或者回家之后送到她家门口。进楼要刷卡，他只好等别人进去和出来时混上去，放下花就走。有时候实在没人进出，他只好硬着头皮拨她们家的对讲机，捏着嗓子说："您好，闻敬小姐家吗？我是花店，有位先生给您预订了一束鲜花，请您下楼取一下。"等闻敬下了楼，子午已经跑掉了。

子午的等待和送花工程持续了两个月，深秋都到了。北京的天开始高，云开始淡，空气开始发干，落叶满地，北大西门里的两棵连抱的银杏树金黄耀眼,如同燃烧一树的黄金火焰，树底下则像铺了一圈黄金。那一天子午远远地跟在闻敬后头，闻敬突然转身，说："你玩够了没有？"

子午说："你忙你的。"

"我连你叫什么都不知道，你老跟着我干吗呀？"

"我叫陈子午。"

"讨厌！没见过脸皮这么厚的。"

"有人比我还厚。"

然后闻敬就笑了。一笑就露馅。子午眼泪哗的就一眼眶，他知道有戏了。

闻敬经常幸福地向我转述这段对话，她说

你表弟的脸皮怎么就这么厚呢。我说不知道，打小他的脸皮挺薄的，见女同学脸都红，谁知道见了你突然就厚起来，那一定是一物降一物。死敌，克星。闻敬就更幸福了，眼角眉梢都是子午所有者的灿烂的笑。子午的脸皮突然如此之厚也让我想不通，别说人，就是一条狗摇了几个月的尾巴还没人理，那自尊心也受不了啊。所以我问子午："实话实说，秘诀在哪？"

子午冷静地说："我女朋友就是这样被那个混蛋抢过去的。"

"比你还厚？"

"厚多了。不光送花，还请人帮他写情书，一天两封。那肉麻话说的，一般人神经都扛不住，要是你，看完非疯了不可。"

噢，我就明白了，实践出真知。接下来我高度警惕，"你不会就为了把人家闻敬弄到手才这样干的吧？"

"不瞒你，哥，开始我就是想，就不信搞不到北京女孩。他妈的，凭什么。追得久了，才真正喜欢上她。要不我哪撑得了这么久。"

子午的确是硬撑到现在。一直围着闻敬转，生意撂得差不多了，挣一个花一个，又没积下老本。眼下他连一千块钱都拿不出来，为此他比没追到手的时候更焦虑。追要花钱，追到了更得花钱。我说没问题，应急的时候找我。子午说不行，这几年你也一分没攒，以后找女朋友、结婚、生孩子，都得靠现在。我说咱别想太远，我都三十了还没动静，这辈子说不定就光棍过去了，攒钱有屁用。子午还是不愿意。会挣到钱的，他说，当务之急是，怎么样让她死心塌地。子午说这话时像个老谋深算的家伙，一道冷光从眼里进去，经过脸从下巴出来。吓我一跳。

12

他们发展得不错，具体到哪个部位了我不好问。我是大伯子，不着调的话不能说。我就知道他们“快了，快了”。子午挂在嘴上的，像安慰我也像给自己打气。有天晚上，月亮又大又好，月光落到地上跟铺了一层水似的，看了让人想家。子午出去找闻敬了，我一个人在屋里抓老鼠。平房就这点不好，夏天受苍蝇蚊子和蟑螂害，天冷了受老鼠害。我屋里的老鼠半夜里喜欢拖着一张纸到处走，拖拖拉拉的声音像有人穿拖鞋在走路。你想想吧，睡得迷迷糊糊有人穿着拖鞋在你床边走来走去，那个恐怖。得坚决镇压掉它们。我把原来吃饭的小桌子搬开，正撅着屁股准备往老鼠洞里灌水，子午带着闻敬来了。这是闻敬第一次来我们住处。屋里乱糟糟的一片，现收拾都来不及，真是丢人丢到家了。

我让子午招呼她坐。“不好意思，你头一次来就赶上阶级斗争，”我努力让自己也让闻敬放松点，“灌完水就好。”

闻敬说：“没事，哥，你忙。”

子午说：“没时间忙了。”他把半桶水都灌进去，顺手把桶倒扣在洞口。“哥，收拾一下我们去圆明园。”

“半夜三更去圆明园？”我说，“你把桶

扣那儿干吗？”

“闻敬说夜游园才好玩，月亮堂堂的，人少园子大。”

好嘛，一恋爱就浪漫了。闻敬说有条小道可以进园子，得翻一道墙。正说着停下来，屋里响起吱吱嘎嘎声。我到处找声音的来源，子午往小桶上一指，原来是老鼠淹得受不了，爬出洞要往外跑，拼命地抓桶壁。闻敬说，看你弟弟，坏死了。子午说，这才到哪儿，我还有更坏的你不知道。好了好了，该走了。出门时正赶上文哥倒洗脚水，问我：“还出去？”

“逛圆明园去。”

“我操，那地方，找鬼呀。”

都说圆明园里过去死了好多人，皇帝住的地方，妃子、丫头、太监可没少给他们弄死。闻敬带我们从一条巷子里进去，然后再拐，再拐，反正我是晕了，就到了一个死胡同里。胡同底有个公共厕所，老远就闻到臭味。闻敬说一年前她跟一帮老同学来过，翻过厕所旁边的墙就是。墙不高也不矮，墙跟有根枯藤，正好踩着上去。我先爬上去接应，因为闻敬一个姑娘家爬不上去，上面得有人拽着她手，下面还得有人托着她屁股往上送。我当然不能托她屁股。我爬上墙，另一边立刻开阔了，道路、树丛、小桥、湖水，在幽幽的月光底下诡异地展开了。哥。子午在下面小声叫我。我骑到墙头上，发现离我手很近的地方堆了一坨坨东西，竟然是大便。一定是从这厕所里直接甩上来的。看来大家都知道这是不花钱进园子的捷径，圆明园的管理人员设防了。我抓住闻敬的手，不由自主地哆嗦了一下。清凉，柔腻，娇小。但我头脑里突然出现的却是夜总会里那个小姐葱白一样的大腿。闻敬一脚踩空，尖叫一声。我骂了自己一句，让她踩好，子午用点力。

夜晚的圆明园大得让人难受，死一样的安静。影视和图片里的以及想象中的景物在月亮地里无谓地睡着了。深夜十一点半，没有管理人员在巡逻，但我们不自主地怕，声音往低处压，再压。风从水面上吹过来，凉飕飕阴森森湿漉漉，像有很多潮湿透明的小手拂过我的脸。闻敬有点怕，抱紧子午的腰，子午把她搂在怀里。闻敬开始还小声地向我们介绍她从小听来的圆明园故事，越说速度越慢，逐渐前言不搭后语。走神了。他们的脚步也在走神，绕过水，走过桥，我听到哪个地方有声怪异的鸟叫，转过身去找，再回头他们已经不见了。

我一个人在巨大的园子里晃荡，后悔跟他们一起来了。这么好的月亮对我其实没有意义。这样的夜晚，我应该睡觉、看电视，或者随便找个地方喝点酒。四周空无一人。一个人面对浩浩荡荡的月光无论如何是件让人悲伤的事。过去的那些年，我在这样的好月亮底下都干什么了。想不起来，就像第一次迎头撞上一大片月光似的。本来一直想去的地方陡然就没有兴致了。我随便走，有一搭没一搭地抽着烟。当年的圆明园极尽繁华，所以皇帝们才乐意来这里住，要是也像现在这么孤寂冷清，打死他们也不会来。

正走着，突然从灌木丛里钻出来一个黑影，吓得我心脏都蹦到嗓子眼里了。我后退了好几步。是个人，一看就是傻子，流浪汉，现在就穿着一件军用棉大衣，头发乱蓬蓬的，像顶了一个喜鹊窝。“烟。烟。”他伸手向我要，嘴半张着歪在一边，兜不住口水。月光照不到他嘴里，一个不规则的黑洞。我往灌木丛里看，中间有两床烂被子。一定还有其他的墙头可以爬，要不这傻流浪汉是没法进来的。他倒会挑地方。我递给他一根烟，帮他点上，然后又给了他几根。他呵呵地笑，吐烟的时候伸长下巴，舍不得它们这么快地离开他的嘴。

继续往前走，我小心地防备，担心哪个黑暗的角落里冷不丁再蹿出个人来。这么大的地方，不藏几个人是不可能的。你没看见，是因为他们没有及时地跳出来。

慢慢就走到大水法那里了。很多石头高高低低散乱地矗立在夜里，阴影处看起来充满可怕的玄机，让我想起小时候见过的乡村里的乱坟冈子。我试探着往那边靠近，上一次看它是几年前，刚来北京的时候。第一个月挣的钱全花在传说中的景点上了。我靠近，再靠近，听见了奇怪的声音。两个人的粗重的喘气声。天大地大，人还真不少啊。我放轻脚步，慢慢往声音发出来的方向走。走到一半，突然想到可能是子午和闻敬，我停下来。我想转身走回去，可是有个东西拽着我的脚。向前走，再向前走。那个东西说。我顺从地向前走，绕过一块雕琢精美的大石头，看见两个人在动。上面的那个裤子堆在脚踝上，光屁股上下耸动。底下的那个人死死地抱住上面那人的腰，一条白腿泛着幽蓝的光，从躺着的大石头上垂下来。她的嗓子里有混乱的声音发不出来。子午和闻敬。我转身离开，越走越快，直到任何声音都听不到。我对着路边的一棵树送出拳头，疼痛一直贯穿到头皮上。

我很恶心是不是？我既觉得自己恶心，也难受得要死。难受得把眼泪都憋出来了。不是身体的欲望让我难受，而是心里空荡荡的感觉让我难受。那是两只手伸出去，什么都抓不到的空落。那些跟我一拨来北京的，一部分人早就回去了，一部分人做大了，发了，或者改行了。我还两手空空地在北京的街头乱走，站街。所有的繁华近在眼前，但是距我却极其遥远。我不知道这些繁华具体都是什么，也许不是女人，也不是金钱，那它到底是什么？我在水边蹲下来，开始洗脸，把脸上的角角落落都洗到了。然后坐在一块石头上开始抽烟。

一根烟抽完了。我平静下来，就像什么都没发生过。就像这几年里任何正常的一天一样。子午和闻敬从身后过来了，子午说，哥，你怎么坐这儿？冷死了！闻敬掐了他一把，子午哈哈地笑起来。闻敬小声说，讨厌！

从原路返回，翻过那堵放了大便的墙，我感觉重新回到了北京。本来我想找一找傻流浪汉进入园子的通道，打算从那地方出去，但子午说那太耽误时间，闻敬急着回家，怕挨爸妈训。我们翻过墙，先打车把闻敬送回家，然后打车回西苑。路上子午说：

“哥，搞定！”

“你们俩的事？”

“应该没问题。她还是第一次呢。”

13

他们关系一直很好，用如胶似漆来形容应该不过分。看得出来的。在谈恋爱方面子午显示了良好的耐心和温柔，他把闻敬料理得妥妥帖帖。时间对他们来说，快也快，慢也慢，因为日常和沉醉，世界变了他们也浑然不觉。事实上世界也没怎么变，还那样，晃晃悠悠天就凉了，冷了。

如果你不在风雪天出门，北京的冬天还是蛮舒服的。屋子里有暖气，外面阳光也好，这种好天气让你觉得一切都有可能。生意也会很好，因为拖了一年的事情都急着要了结，想办假证的会主动找上门来。手写和印章的广告不怎么用了，改用口取纸，广告写在上面，有背胶，随便往哪里一拍就行。这种小广告快捷、方便，跟北京一起现代化了。但子午口袋里还装着签字笔，他还有到处乱写的习惯。我偶尔会在广告牌上或者光滑的墙面上看到他的字。

他写北京是个好地方，写他喜欢一个女孩，还写一些莫名其妙的话，比如，突然拿到两百万你第一件事干什么？比如，修路为了通畅，但所有的路现在都很堵。比如，报纸上说，一头猪变成了象，我们都知道是假的。还有，假如你去圆明园，建议你躺在那些大石头上。等等。

我们几乎每天都能找到点生意，大小而已。我和子午依然在海淀一带活动。他喜欢围着疗养院和芙蓉里转。闻敬上班的时候我们去站街，烦了或者没生意就去巨石阵晒太阳。北京冬天里的太阳很好，阳光毫无阻碍，劈头盖脸地就落满一身，穿过棉衣照进骨头里，一照后背就开始嗞嗞地往外冒油汗。大自然花卉市场开始要拆，花一朵朵地从温室里被搬走，北大打算在那里建研究生公寓。我们晒太阳的时候经常免费给北大规划公寓，觉得应该建成什么样的楼房最好看，想来想去也没能想出“蛋壳”、“鸟巢”那样匪夷所思的形状来。我们也经常去吃麻辣烫，但不太喝啤酒了，凉。要喝就喝白酒，二锅头，一口下去就是一溜火线，从舌头一直烧到胃里。

子午偶尔夜不归宿。挺好。年轻人满身的力气，需要夜不归宿。文哥此时就会跑到我房间里，大惊小怪地说，我操，子午老婆长得不错，有点意思。这话他说了不下三十次。本来我打算把老铁的那间屋租下来给子午住，闻敬来了也方便，但想想又算了。这院子里都是大老爷们，见到女人眼里恨不能伸出手来。老铁跑了以后，再也没露过面，除了两床烂被子，值钱的家当早带跑了。就没打算回来。房东又安排进一个房客，公司的小职员，戴眼镜，挺清高的好像，整天仰脸望天不搭理我们，不知道脑子里在想些什么。不理拉倒，缺谁不一样活。

我一直担心的是，闻敬家里不同意他们俩的事。虽然该干的事都干了，但这年头，有几个能把裤腰带守到洞房那晚的，所以这也不算个事。等我知道闻敬父母不同意，冬天已经过完了。草长莺飞，杨花飞舞，沙尘暴都到了。

反对的理由都不要想。子午是外地人，还是个办假证的。老两口接受不了。我也觉得有点玄，可能源于我一贯的自卑，你想，职业和出身，没办法。但子午和闻敬有信心，都决定要在一起过一辈子。子午说，只要你扛住红旗不动摇，我来解决你爸你妈。闻敬说，只要你敢往上冲，我就能挺住。子午说，好。闻敬也说，好。为了向闻敬父母表示决心，两人决定出来租房子。就在承泽园里，一居室。子午他们到西苑来收拾东西，正值一天中沙尘暴最疯狂的时候，漫天黄尘，风也大，马路上一个接一个的旋风涡，垃圾袋像鸟一样在半空里飞。我刚从院子里逮了一只野猫进屋，想让它抓两只老鼠。子午和闻敬灰头土脸地进来了。

“哥，我想搬出去住。”子午说。

“啥意思？”我看闻敬也跟在后面，想是不是有什么地方让人家不高兴了。

“你别多心，哥。”闻敬说。这丫头我很喜欢，爽快，不跟你玩弯弯绕，“就是想给爸妈一点压力。我们也想经常在一起。”

我当然支持。子午的家当很少，两个人两只箱子就拎走了。但搬完之后我的屋里倒是空了一大块，心里跟着空了更大的一块。其实我不希望子午走，你不知道，在这么大的城市里举目无亲，有一个伴是多么重要。本来我想过去帮着一起收拾房子，想想又算了，看到他们更大的房子我可能会更难受。一居室，对我来说已经很大了。更大的空空荡荡。这种烂天气，一个大老爷们也免不了要多愁善感。我把他们送到马路边，我说，常过来玩啊。子午也有点不舍，闻敬替他说，哥，回吧，有空也到我们家里看看。她说“家里”，沙尘暴的春天也一下子温暖起来。多好的姑娘。

后来我倒是常去。子午让我去喝酒吃饭，有时候我在硅谷附近做生意，到了吃饭的点儿，也会买点鸭脖子、鸭翅或者叫一份水煮鱼外卖带过去。闻敬的手艺不错，尤其是红烧鲫鱼和麻辣鸡胗，每顿饭都吃得我百感交集。所以我想，以后真要能找着老婆，得挑个厨艺好的。进一步又想到别人总结出的那个道理：一手好菜就能守住老公。你让他想着，从一张嘴开始，一直想到肚子里。他永远跑不掉。

他们租的房子离麻辣烫摊子不远，从巷口往里走，两百米，三楼。一个月一千五，这是个不小的数目。看起来他们俩还应付得了。除了房东提供的几样大件，没添什么新东西，沙发倒是新的，那是因为子午喜欢躺着看电视和报纸。闻敬两头跑，有时回自己家里住，在哪儿住那得看那几天和爸妈的关系如何。通常很僵，所以大部分时间都住在承泽园。她爸妈跑到他们的房子里闹过几次，威胁闻敬时说：你再跟他混在一起我们断绝关系！威胁子午时说：你再缠着我们女儿，我们去公安局告发你！当然一直没有忍心断，也没忍心告。究竟还是自己生养成人的，骂完了还是自己的孩子。子午也懂事，他的态度相当好，脸上赔笑，低头随你怎么骂就是不吭声。

子午甚至给闻敬爸妈写了一封信，拿出他平生所学，打了草稿再认真誊抄，大意是：他会一辈子对闻敬好，绝不负她；会好好挣钱，尽快换个正当体面的工作，让闻敬尽快过上好日子；他会孝敬好二老，当亲爹亲妈一样奉养。

他写得很真诚，自我感觉不卑不亢。

写这封信之前子午问过我，写信合不合适。我说当然合适，他们不愿意跟你坦诚交流，总得有个表达自己的方式啊。我觉得合适的原因还有一个，那就是子午一手不错的字。这很难得。我一直认为所有字写得好的人学问都不会低。希望闻敬爸妈也相信这个貌似有理的逻辑。子午写了，特地强调了钱，他会拼命挣钱，两三年内把房子问题解决。子午私下里跟我说，说到底不就是钱的问题么？要是手里攥着一千万，他们想什么我给什么，我就是他妈的黑社会，她爸妈一个屁也不会放，没准一天咧三次嘴迎我进家门呢。有了钱，没人管你是干什么的。

这封信写完之后，子午和她爸妈之间突然就平静了。他们不再闹到门上来，有事找闻敬就打电话，如果闻敬不在家，啪地就挂电话，跟子午没一句废话，当他不存在。不知道闻敬爸妈是不是在乎钱。反正子午跟我说，哥，看出来了吧，没有人不爱钱的。别以为北京这地方又怎么样，哪儿都一样，最后都要钱来总结发言。我说别瞎猜，人家也不会傻到连你的空头支票都相信。大概闹不动了。女儿都睡过去了，还能怎么样，总不能一天到晚磨嘴皮子。

“还是因为他们看出来我有钱途。”

“钱呢？”我说，“我看看？”

“你放心，哥，我不会让你们失望的。”子午都咬牙切齿了。

自从子午咬牙切齿地要挣钱，我们见面的机会就少了。见也多是在街头的某个拐角处碰见。他忙，一打电话就说他要去站街、去制作证件、去交货，想一块儿喝两杯都没机会。打到他住处，一般都是闻敬接。有几次天都晚了，子午还没回来，闻敬说，去丰台了，去宣武了，去房山了。操，这小子连房山都去。在我见过的办假证的人里，子午差不多是最拼命的一个了。我跟闻敬说：“让他悠着点，银行也不是一天挣出来的。”

“我说很多次了，”闻敬说，“我说爸妈现在已经不太反对了，他们从来也没提过钱的事。可他不信，说我在骗他。哥，有空你说说他，咱不能为了钱不要命啊。”

我给子午打电话，他根本就不理你的茬。“你不懂，哥，”他说，“他们想要什么你不明白。”

我觉得子午内心里还有顽固的自卑，因为自卑导致自负，他以为他是对的，以为钱可以把所有问题都解决。但我跟他说不拢，他不听你的这出戏。他觉得他比我懂得北京，比我知道怎么样才能在北京这种地方扎下根来。一点办法也没有。慢慢地，我跟子午越来越远，最多有过一个月没联系。他忙着赚钱，我也忙着赚钱，还要忙着安慰文哥，陪他喝酒聊天，帮他解解闷。文哥离婚了，老婆提出来的。听到这消息我都呆了，他老婆四十五岁，这把年纪突然提出来要离婚，而且刻不容缓。她威胁文哥说，不离就让他戴帽子，绿的。这是大问题。文哥火速回家，像子弹一样快，东西都没来得及收拾。他说这女人能整，最好她说什么你信什么。十天以后文哥回来了，离完了，也像子弹一样快。这次他说的是：这女人能整，最好她说什么你做什么。回来了以后文哥的难过才涌上心头，在家里他憋着，觉得自己还挺悲壮，一见到我立马老泪纵横。文哥说：

“兄弟，老哥我瞎了！”

我说怪谁，让你在北京待这么久。老婆三天两头让你回去你不回，这下好了，不用回了。还“瞎了”，这是你们湖北话么？你活活让北京给坑了。

“我也没闲着啊。我给她们娘俩挣钱，像小偷又像强盗，今天躲明天避，我容易么我。”

“现在容易了，光棍一身轻。”

挖苦完了，我开始安慰文哥。五十岁的男人掉眼泪，那一定是伤到心里去了。我说节哀顺变吧，有走的就有来的，钱难挣不是还挣了一堆么。毛主席说得好，世上无难事，只怕有心人。放下包袱，开动机器，备战备荒为人民。继续干吧。文哥悲伤地说，兄弟，别的还能怎么办？走，喝酒去。我差不多安慰了一个月，文哥的情绪才稳定。人老了，安慰起来难度也大了。平常看起来硬邦邦的，其实里面最软，一碰就烂。

有一天闻敬突然给我打电话，让我过去吃饭。我一进门就傻了，新添了几个大家伙，超薄液晶电视、豪华音响、电脑，还有一台跑步机，都闪动着鲜亮的高科技的光芒。我说，你们改行卖电器了？闻敬说，子午刚买的，让哥过来看看，一块儿吃个饭。好长时间没聚了。子午正在捣腾电脑，从网上下载歌曲，然后打开，刘欢的《好汉歌》。大河向东流。风风火火闯九州啊。我问子午哪来的钱？挣的啊。在哪儿挣的？还能在哪儿。干什么挣的？还能干什么。

“怪了，我干这么多年了怎么就没发现它能一下子挣这么大的钱呢？”

“那是你。”

我就无话可说了。在办假证这方面，子午的确比我强。

14

那顿饭吃得爽歪歪。疗养院姑娘的手艺就是不一样。吃完了闻敬去上班，我跟子午剔着牙坐在沙发上聊天，一边看液晶电视里智商在五十以下的娱乐节目。大，清晰，有钱人的感觉很好。可是，我越看越觉得不对头，子午怎么会这么快就有一大把钱呢。我挺起腰，准确地将牙签扔进废纸篓里。“子午，”我说，“跟哥说实话，哪来的钱？”

“不是说了么，假证。”

“什么样的假证？”

“你就别问了。”

“一定要问。说。”

“别人送的。”

谁会送给一个办假证的钱。子午说，一个公司的经理送的，三万。他运气好。

半个月前接了一单生意，交货是在对方单位不远的街道拐角。对方是小职员，正交货，小职员忽然把子午拉到一棵树后，说，别动，有人。躲在那里大气都不敢出。子午伸着脖子看见一个西装革履的男人挺着小肚子从本田车里出来，拎着公文包往斜对面的大楼走。子午觉得那人挺眼熟，尤其是他尖溜溜鸭蛋壳似的后脑勺，一般人很难长成那样。谁呀？子午问。鸭蛋后脑勺进了楼那小职员才说，我们头儿，部门经理，刚提的，厉害着呢，被他发现就死翘翘了。子午说，我好像认识他啊，什么学历？小职员说，硕士，比我这假的厉害多了，正宗的中国人民大学国际金融专业研究生。

“姓刘？”

“你真认识啊？”

“那就对了。”当时子午有种强烈的自豪感。这是职业的光荣。

“牛得很。训人的时候从来都是背对着你，屁股底下那老板椅能转十八圈。”

这事说完就算了。交完货他在周围遛跶一会儿，突然就想去看看鸭蛋后脑勺到底是怎么牛的。他给刚才那个小职员打了个电话，让他下楼带他上去，他想看看刘经理，老熟人了。小职员带他进去，一路叮嘱让子午别把他假证的事捅出去，捅出去他就完了。子午说没问题。小职员把他带到刘经理的办公室门口就回去了。子午敲门，里面说进来。推开门子午先看见的是鸭蛋后脑勺。刘经理。鸭蛋后脑勺慢慢转过来，两只眼猛地开始放光。你是？不认识了？我是陈子午啊。噢，你好你好。他们亲切握手。然后刘经理关上门，脸一下子撂下来，你来干什么？

“没事。顺路上来看看。”

有人敲门。鸭蛋后脑勺对着门外说：“我有点事，等会儿再来！”门外的高跟皮鞋咯噔咯噔走远了。“你想怎么样？”

“不想怎么样，就是过来看看你。”

刘经理盯着子午，手指在宽阔的紫红色老板桌上敲来敲去，然后坐下来拉开抽屉。一捆钱像薄砖头一样放在桌面上。“这个你拿走，”他说，“以后别在我面前出现。”

子午眼都大了。天地良心，他当时的确没

想到会出这事，都结巴了。“我不是，为这个。”

“嫌少？”鸭蛋后脑勺又从抽屉里摸出一捆，推到子午面前。

“不是我要的，他主动给我的，”子午跟我说，“哥，你别训我。你看，我也没办法。不拿不行啊。不拿他一定不相信我。那我就拿，不拿白不拿。正好又有人敲门，那家伙看我还站着不走，急急忙忙又从抽屉里拿出一捆，说，这是极限了，再玩下去我可要报警了。我就把钱装口袋里了。你别怪我，我跟他说过谢谢了。那家伙从抽屉里摸钱出来跟玩魔术似的，我怀疑我继续站下去，他会源源不断地摸出钱来。哥，你看你还是要怪我。跟我没关系呀，他心虚怪谁。”

“那你也不该拿。”

“又来了。现在不是我想拿，是他非要给。我不收他心里不踏实，没准回过头算计我。上午他又给我打电话了。”

“还要给？”

“那倒不是。让我给他写个条，收据，加

保证书。彻底把这事了了。”

“赶快写了送过去。这种事以后别干了。”

“我才不给他送，想要自己过来取。这点钱也没买着啥东西，全自动洗衣机我还没买。天冷了，闻敬洗衣服我还心疼她的手。”

“好了，你打住。别跟闻敬说，谁也别说。你先给我保证，不再瞎搞，出了事闻敬怎么办？人家可是不管不顾一头钻到你这里的。”

“我知道。我不也为了她嘛。哥，我清楚，我还得挣钱，就是她父母答应了，没钱我在他们家也直不起腰来。”

子午还守着他的逻辑，相当顽固。我说不通这个表弟。回去以后，我一直隐隐地替子午担心。这小子心野，说不好。所以我隔三差五给他电话，揪着耳朵盯他，也算有半个家的人了，凡事得想清楚。他让我放一千零一个心。他没让我失望，四个月后，他告诉我，他和闻敬决定领证，挣到房子的首付再举行结婚仪式。这四个月里，风平浪静。

风平浪静。这是个好词。那段时间想到子

午和闻敬，我就觉得最好的生活其实就是这个“风平浪静”了。你还想要什么。你还能要到什么。

领证那天我去了，他们一辈子的大事。我买了一包鸭脖子坐在车上，边看景边吃。麻辣的味道真好。我表弟结婚了。北京这几年变化实在太大，短时间内看不出来，眼光往远里放，沧海桑田就出来了。我刚到北京那会儿，海淀这一片到处都是野地和平房，低矮破旧，自行车过去都能卷起尘土。才几年啊，海淀桥往南一幢幢楼房竖起来，一夜之间从土里长出来似的。到处都是钢筋水泥混凝土，到处都是在阳光底下闪闪发光的玻璃。北京越来越像一个巨大的玻璃城，走到哪里都能感觉到阳光照在身上。因为玻璃无处不在，阳光也就无处不在，北京的气温在一天天升高，像房价一天天在涨。子午要结婚了。他即将如愿以偿地把家安在北京，非常好。北京离他比我近，北京跟我没关系。那一包麻辣鸭脖子吃得我心里五味杂陈。我在想，也许我真该回老家了，找一件值得花一辈子的时间来做的事情干。三十而立，成家立业。我三十都过了，还是两手空空。

民政局在双安商场对面。结婚的人很多，有喜气洋洋的，这很正常，本来就是喜事嘛；有心事重重的，我就不太明白了，好像别人搞他们的拉郎配似的。我想跟那些心事重重的人说，这种事都露不出来一个笑，还是回去吧。我只见到闻敬一个人，脸颊红扑扑地坐在大厅里的椅子上。看得出来，她有点激动。只要真想结婚，这种事放谁身上都激动。她招呼我坐下，说子午半路上接了个电话，有点事先去处理一下，马上就过来。太混蛋了，还有什么事比这个还重要？我说，要给他打电话。

“他说很快就回来。”闻敬拦住我，“他说你总教训他，干一行讲一行，得敬业。领完证他就不再干了，想找一个好工作。”

不干了好。早该这样了。我的目光躲躲闪闪，是我把他带进来的。然后我看见闻敬包里的喜糖，我就说：“能不能让我提前吃两颗？”

“看，我都忘了，”闻敬说，赶紧把喜糖

拿出来给我，“他说我们得隆重点，所有的喜糖都是上等的巧克力。”

巧克力就是好。我把两块一起放嘴里，那个甜，齁得我牙根发疼，眼泪都出来了。我表弟今天结婚了。那个甜啊。那些看起来像新郎新娘的人，走来走去。天也好，基本上感觉不到风。在北京，没风的日子几乎是难以想象的。空气里充满没有来由的香甜气息。

十点半了子午还没回来。眼看着一对对新人进去了又出来，我和闻敬都急了。我给他打电话，半天没人接。刚断掉，手机响了，是子午。“在哪儿？”我很生气，钱不是在任何时候都重要的。

“哥，哥。”子午断断续续地说，声音里像灌进了风，呲呲啦啦听不清楚。那声音把我吓坏了。他又说，“闻敬，闻敬。”

我把手机赶快给闻敬。闻敬说：“子午，你在哪儿？你在哪儿？子午你在哪儿？”子午一直没有回答。闻敬喂了半天，只听到子午在手机里咕噜了一声。“哥，子午是不是出什么事了？”闻敬把手机直往我手里塞，整个人都抖起来了，一瞬间就泪流满面。“哥，子午是不是出事了？哥，子午他在哪儿？”她突然感觉很不好。

我哪里知道。再拨子午的手机，一直没人接，最后自动挂断。连拨三次。我问闻敬是否知道子午去哪儿了，她说不太清楚，就听他在电话里呜噜一个地名，好像是六郎庄那边的什么地方。六郎庄在四环外，再往外走就是一片荒地。我怀疑当时我的头发都竖起来了。我猜是出事了，赶紧征求闻敬意见，问她要不要报警。闻敬已经没主张了，筛糠一样抖。报，报。

三个小时后，我们和警察在离六郎庄两公里的野地里找到子午。仰面朝天，两条腿呈现痛苦的弯曲状，左手抓着地上的荒草和泥，右手握着打开翻盖的手机。人已经僵硬了，两眼圆睁看着天空。脖子底下有道刀口，血染红了新买的白衬衣和咖啡色西装，头底下的泥土都是潮湿的，颜色紫红。新买的皮鞋上蹭了很多泥。闻敬看到子午，尖叫一声人就瘫软下去，包掉在地上，巧克力撒出来。花花绿绿的一地。接着闻敬开始哭，可她的哭声出不来，噎得脖子一挺一挺的，我拍她后背她也哭不出来。警察让我把她架到一边，找个地方坐着顺顺气。不远处有条小路，路边有两块大石头，我把闻敬架过去。她一点反应都没有，像个植物人。刚要坐下，我看见石头上有一行字，子午的笔迹，不会错的：

老婆，今日坚决收手，从此我们天上人间。

“子午的字！快看，子午写的字！”我指着石头。闻敬缓慢地扭过头，身子剧烈地抖几下，突然哭出来。尖叫一样的声音出来了，像竹子一样一节一节地往外长。

案子破起来没遇到太多麻烦。公安人员从子午的手机里调出所有号码，一个一个核实调查，很快就找出凶手。一个报社分管广告的业务主管下的手。审问时那人说，本来没起杀心，只是子午胃口太大，一再敲诈。他们见面时说好了付最后一次钱，但他看到子午穿着那么光鲜来收钱，很不痛快，就骂了他一句，其实没什么，就是关于他老婆的，子午火就上来了，然后两人扭打起来。那水果刀是子午口袋里的，应该是用来应付危险情况的，他干这个，应该有个防身的准备。那人在扭打时无意中摸到了，情急之下就掏出来，对准子午的脖子就一刀，没想到切断了大动脉。一看见血他也吓坏了，撒腿就跑，跑到路上才发现刀在手里，就找了个水沟扔进去。警察找到了那条水沟，打捞出了那把水果刀。的确是子午的。

石头上的那行字，应该是子午在等对方的时候随手写下的。

根据警察的调查，被子午敲诈过的有九人之多。办假证的时候就留下了他们的联系方式。警察又搜查承泽园里的房子，搜出了子午藏在沙发底下的一本手机大的通讯录和一本存折。通讯录上有一大串名字和电话，其中一部分人警察已经联系过，被敲诈过的名字后面都打了勾。存折上一共十九万两千三百元。

15

子午出事以后我一直失眠，睡不着，一闭眼就是子午，他在我眼前一遍遍从小长到大。第一次看见他我才五岁，刚记事不久，那时候子午刚出生，脸皱巴巴的像个小老头，我很不喜欢，不想再看第二眼。后来他长开了，慢慢就好看了，简直是变成了另外一个人。他喜欢跟在我后头拍着小手，喜欢把脑袋抵在我的屁股上说，牛牛拉拉到家没？他说到了吗？我说没有。后来他长大了，有了小小的坏心思，凡做错的事就往我身上赖。我已经习惯了有个弟弟要我承担责任。他长高了，变成大人了，然后按照自己的方式生活，一切逐渐与我无关。然后就是到北京来，我们又成了兄弟，哥哥和弟弟，但是他从我的生活里再次逸出去，我有点难过，更为他担心、高兴和自豪，我希望他一帆风顺。一帆风顺，可是我的弟弟，一下子戛然而止。一个人戛然而止。我想得脑袋疼鼻子发酸。我睁开眼，又想该如何向姑妈姑夫交代，如何向我父母交代。他们两天后就来北京。我如何说得出口。

那几天我不断地给闻敬打电话。其实我也不知道该说什么，只是想让她知道，子午留下的巨大的空虚有人愿意和她一起分担。这个人甚至比她还痛苦，他是子午的哥哥，他看着子午长大成人。我说到姑妈来京的事，闻敬主动提出和我一起去接站，她哭着说，她想看一看子午的父母。她还说，得让他们挺住。

我在她家楼下等她。她下来的时候我心冷得难受，她把一根黑布条钉在衣袖上。原来多水灵饱满的一个姑娘，施了淡妆，但收拾过了还是干。头发，脸，整个人，都干，只有眼睛还饱满，又红又肿，眼泪永远擦不完。她像一张旧纸片从楼上飘下来。她说：

"哥。"

我眼泪就出来了。我把自己耗在北京还不够么，还把子午也带来。

图书在版编目（CIP）数据

伪证制造者/徐则臣著.-上海：上海文艺出版社.2017.6
(小文艺 · 口袋文库)
ISBN 978-7-5321-6275-8
Ⅰ.①伪… Ⅱ.①徐… Ⅲ.①中篇小说－小说集－中国－当代
Ⅳ.①I247.5
中国版本图书馆CIP数据核字(2017)第109835号

发 行 人：陈　征
出 版 人：谢　锦
责任编辑：于　晨
封面设计：钱　祯

书　　名：伪证制造者
作　　者：徐则臣
出　　版：上海世纪出版集团　上海文艺出版社
地　　址：上海绍兴路7号　200020
发　　行：上海世纪出版股份有限公司发行中心
上海福建中路193号　200001　www.ewen.co
印　　刷：山东临沂新华印刷物流集团有限责任公司
开　　本：760×1000　1/32
印　　张：6.25
插　　页：3
字　　数：78,000
印　　次：2017年6月第1版　2017年6月第1次印刷
I S B N：978-7-5321-6275-8/I.5008
定　　价：25.00元
告 读 者：如发现本书有质量问题请与印刷厂质量科联系　T：0539-2925888

小文艺·口袋文库

报告政府	韩少功
我胆小如鼠	余华
无性伴侣	唐颖
特蕾莎的流氓犯	陈谦
荔荔	纳兰妙殊
二马路上的天使	李洱
不过是垃圾	格非
正当防卫	裘山山
夏朗的望远镜	张楚
北地爱情	邵丽
群众来信	苏童
目光愈拉愈长	东西
致无尽关系	孙惠芬
不准眨眼	石一枫
单身汉董进步	袁远
请女人猜谜	孙甘露
伪证制造者	徐则臣
金链汉子之歌	曹寇
腐败分子潘长水	李唯
城市八卦	奚榜

小说